名家名篇

老河湾的四把刀

代应坤 著

图书在版编目（CIP）数据

老河湾的四把刀 / 代应坤著. -- 南昌：江西高校出版社，2024.1
（名家名篇）
ISBN 978-7-5762-1003-3

Ⅰ. ①老… Ⅱ. ①代… Ⅲ. ①中篇小说－小说集－中国－当代②短篇小说－小说集－中国－当代 Ⅳ. ① I247.7

中国版本图书馆 CIP 数据核字（2021）第 037361 号

老河湾的四把刀
LAOHEWAN DE SI BA DAO

出版发行	江西高校出版社
地　　址	江西省南昌市洪都北大道 96 号
总编室电话	（0791）88504319
销售电话	（0791）87919722
网　　址	www.juacp.com
印　　刷	永清县晔盛亚胶印有限公司
经　　销	全国新华书店
开　　本	700mm×1000mm　1/16
印　　张	13
字　　数	193 千字
版　　次	2024年 1 月第 1 版 2024年 1 月第 1 次印刷
书　　号	ISBN 978-7-5762-1003-3
定　　价	58.00 元

赣版权登字 -07-2021-250

序

代应坤律师的文学品格

叶　雨

应坤很忙。差不多每次我与他联系，他都要么在安徽，要么在山西，或者在河北、江苏……也难怪，他设在北京的律师事务所承接着来自四面八方的业务，他自己本人又担任好些个市、县政府和企业的法律顾问，不忙才怪。

除了讼事，还有文事。应坤作品不断见于《小说选刊》《四川文学》《微型小说选刊》等文学刊物，获得过省以上文学奖二十五项，出版小说集《寻找阿依古丽》等三部；曾获得2017年度全国小小说十大新锐作家、全国闪小说十大新锐作家称号。因此跻身中国寓言文学研究会、中国微型小说学会、北京小小说沙龙、安徽省作家协会、四川省小小说学会等多家文学社团，并兼中国寓言文学研究会闪小说专委会理事、安徽省闪小说委员会副会长、安徽省寿县作协副主席数个职衔。

我不明白，他是如何进行时间管理的？作为律师，哪一桩案件不需要发微求真，不负使命？作为一个作家，哪一篇作品不需要构思拿捏，推陈出新？把职业与爱好巧妙统合双获丰收者，唯应坤一人尔！应坤心无旁骛如鲁迅那样，把“别人喝咖啡的工夫”都用在工作和写作上了。面对“精致生活”渐成风气的当下，怎样理解应坤这种孜孜不倦的正向追求？司法行业方面我是外行，无法体察蕴涵其中的应坤挚情，只好借解读其小说谈谈我对他的理解。

应坤作品很多，仅以先后选载于《小说选刊》2017 年第 9 期，2018 年第 12 期和 2019 年第 8 期的《阿九戒酒》《王大壮的最后请求》《刘二黑借粮》等三篇为例——《阿九戒酒》说的是穷孩子阿九因贪杯误事招致东家责罚，从此发愿戒酒一心酿酒，最后成为“酒神”的故事。故事并不复杂，结尾却有意外——所谓“贪杯误事”原来是东家为助阿九成才善意设下的“圈套”。

《王大壮的最后请求》写退伍兵王大壮不为名利、不计毁誉、舍生忘死在公安派出所干了数十年临时工。被解雇时无怨无悔，唯一请求：“让我穿旧式警服戴旧式警帽，站在咱派出所门前照一张相。我百年之后，让照片陪我……”这“请求”貌似卑微，卑微得不可思议、惊世骇俗。实则绵里藏“金”，捧出了王大壮痴情于治安事业的金子一般的高尚真心！从而实现了作者寄寓其中的“我是一个兵，爱党爱人民”的创作主题。在给读者文学震撼的同时，对世俗者施以雷鸣棒喝般的心灵拷问。

《刘二黑借粮》以“借粮”为轴，讴歌刘二黑至孝，赞美霍老四大义的编排虽然不见新颖，却塑造“这一个”鲜明性格的文学典型，以激动人心的文学力量令作品别开生面，脱颖而出。

应坤着眼于状写人间百态，张扬人情冷暖，褒贬人性善恶，赋予其作品简而不单、浅而见深，见人见性、有血有肉有骨感的饱满个性，具有鲜明的辨识度。

应坤小说取材于人间万象——义与利、美与丑、善与恶、爱与恨，君子小人、草根英雄以及家仇国恨……表现手法立足于传统现实主义——坚持不炫技、不跟风，绝不弄什么“非故事化”或者狐假虎威的装洋讨巧；叙事语言是“普通话”——浅明而流利，从无卖弄辞藻哗众取宠或者晦涩艰深令人云里雾中，几近“凡有井水处，皆能歌柳词”般妇孺可解的程度，通俗而不庸俗、不媚俗，从来不以“怪诞、鬼怪、玄乎”为取向。

仍以前述三篇为例——《阿九戒酒》和《王大壮的最后请求》，人物不过二三人，情节也琐细不奇，叙事亦不过线性结构，作品却呈平中见奇，小中见大的面貌——前者因有巧妙设伏、揭秘而灼人眼目，后者则因细节堆叠渲染主题而震撼人心。《阿九戒酒》中如果没有阿九偷酒的开头铺垫，则无以引出阿九醉酒情节，无阿九醉酒则无法展开阿九成长的曲折，尤其无法释放篇末揭秘的感人力量。出道前的阿九其实是个“问题少年”，是酒坊东家巧设机关才使他有所成就。作品明写阿九成长，暗藏礼赞东家人性之美的主题，从而赋予作品含蓄内敛厚实绵密的质感。

《王大壮的最后请求》中如果没有那些被曲解、被屈辱，不被认可的细节垒砌，王大壮的“最后请求”就荒唐得近乎愚昧，令人可笑，亦无从展现作品惊骇人心的悲壮美。

《刘二黑借粮》的结构是中间突破，从事中说起。先从饥饿的刘二黑梦见天上下麦面，刚到手半盆麦面却被远远走来的霍老四坏了好事而窘急醒来写起，接着回叙刘二黑家贫、性倔、乖张，宁不娶妻不弃老母、捕鱼为生也不卖鱼给霍老四，不惜与霍老四大打一场，非把鱼再丢河里。何为此也？因为刘二黑当年有难，为救母曾经借粮于霍而不得。补写了这些前情，就为捕鱼王刘二黑面临水竭鱼尽，走投无路，乡邻四外逃难，村里只剩下他和霍家，不向“仇家”霍老四借粮即将饿死老娘的窘迫无奈积累了充分的铺垫，为将故事推向高潮，令刘二黑向仇家求借的无奈情节显得合情合理，使霍老四慨然允借的意外显得猝不及防到以至于让刘二黑“突然抱住霍老四，眼泪在风中决了堤”，也为结尾揭秘蓄积了强大势能，使作品陡然转折出巨大爆发力。

应坤最可贵的文学品性是持守优秀文化传统，一以贯之的以人民群众喜闻乐见的逻辑必然性、文学真实性，于侃侃而谈中吸引、膺服读者，抚慰、启迪读者。

应坤出身农家，与人民群众具有血肉联系；应坤不甘人后，大学毕业后进乡政府工作不久便晋升为副乡长；应坤自强不息，于纷繁琐杂的工作间隙自修法律专业，一举斩获律师资质，转而弃官从讼，成为律师翘楚之一；应坤才情富丽，又在阅卷理法、出庭应诉的繁重理性思考的同时着手业余文学创作，并取得丰硕创作成果。应坤身上闪烁着多重令人眼明的色彩。而此缤纷色彩的底色，仍然是他的人民性基调。他与人民群众的血肉联系决定了他坚持为建设和谐、公平、正义、美好社会多途出击，奉献不止。当乡官如此，干律师如此，搞创作亦如此。

衷心期望应坤青春永在，把律师工作干得更好，小说也写得更多更好。

2019 年 7 月于老乐山下

目 录

contents

三家村

一

三家村只是一个村民组，以前叫生产队。三家村的名字由来已久，久到什么程度，没有确切时间，据黄大宝回忆，从他爷爷开始记事的时候，就是这个名字，黄大宝今年 72 岁，简单算一下，三家村名字的由来至少也有 130 年以上的历史了。

三家村三面环山，一面环水。山不高，几十丈高；山也不陡，平常日子，大人小孩不费多大的劲就爬上去了；环水的一面，是一条河——没有名字的河，上了年纪的人说，在很早很早以前，天上有一条懒龙掉进凡尘，落在三家村附近，不知龙为何物的人们，三下五除二把它宰杀了，家家户户吃龙肉，龙头就埋在河边上，所以，这条没有名字的河，后来有人叫它“龙头河”。

任何一个地名，都有它特定的含义，不是随随便便叫的，龙头河也不例外。

当初，三家村有三个姓，耿家，黄家，李家，没有外姓，名字由此而来。三个姓之间男女互不通婚，要么外嫁，要么外娶，肥水专流外人田。之所以这样做，是有一定原因的。

三家村的耕地少，土壤也很贫瘠，种的庄稼收成少，一年里总有半年时间饿肚子。那个年代，人口的流动性极小，不像现在，此地不行，可以到其他地方发财去。祖祖辈辈从来就没有想过要离开大山，走向外边的世界。人们就想，与其捆在一起过穷日子，不如把家里的女孩送出去，把人家的女孩娶到家，当然，送出去肯定容易一些，娶进来难度就非常大，甚至是不可能。外面的好人家，谁愿意把女儿送到这里活受罪呢？三家村许多有儿有女的人家就想到了“两换亲”：三家村的女儿嫁到外面哪一户人家，哪一户的女儿也嫁到三家村。两换亲也不是不行，只要两家日子过得安安稳稳的，跟其他婚姻方式区别不大。怕就怕两家不和睦，闹意见，一方跑回娘家，另一方也随之跑回娘家，若是调解不好，一下子就毁了两家。所以，这种婚姻方式是畸形的，也是不稳定的，中华人民共和国成立以后，这种婚姻渐渐就被取缔了。

三家村的人互不通婚除了以上原因，还有更重要的原因，那就是在封建社会时期三家村的男人，只要能背得动枪，就开始不吃正经粮食，十个八个聚在一起，晚上打家劫舍，在刀尖上过日子，说不定哪一天就掉脑袋了。不是吃了大户人家的家丁打出的枪子，就是被官府剿灭。朝不保夕的生活，让三家村人懂得：不能让自己的女儿成了寡妇。

然而，他们有没有想过，外面来的女孩就不是女孩吗？就不是爹妈生的吗？为什么要冒着当寡妇的风险，嫁到你三家村？

心理学家说，自私是人的天性，没有了自私，也就没有了动力。三家村人想不到这一层，即使想到了，也做不到把人家的女儿，当成自己的女儿。儿媳就是儿媳，人家肚皮里面出来的，正所谓“鸡皮贴不到鸭皮上”。

所以，嫁到三家村来的新媳妇，按例到了第二天就要上大课，当着所有族人的面，对着祖宗牌位和香炉跪下，发誓：这一生永不把三家村的大事小事往外讲，包括对自己的爹娘，如果讲了，沉入大河！

那是个“三从四德”被奉为家族至高家训的时代，女人们胆子小，禁不住吓唬，族长的话还没讲完，新媳妇早已面如土色，如鸡啄食一样地点头，连说好，好。

“犯了嘴错，沉入大河”，这条规定同样也不准告诉父母。外边女子要是早知道有这个规定，打死也不敢嫁到三家村。

三家村就出现过，犯了嘴错的女人，被族人沉河之后，娘家人却不明不白的情况。

黄大宝的二婶，一天在邻村喝结婚喜酒，多喝了几杯，就开始炫耀自己手上的玉镯，随口讲出了这宝贝是自己男人在晚上弄来的，第三天上午，就被投进了大河，滔滔的河水吞没了她，她只露了几下脑袋，就再也看不见了。下午，男人哭丧着脸到岳父母家报丧，说老婆在河边打猪草，不小心滚到河里去了，活不见人，死不见尸。

能说什么呢。娘家人来了几十个，围着河边咿咿呀呀哭了一天，也就那么回事了。先人说，女人是菜籽命，撒到哪儿，就是哪儿，肥土笑，瘠土哭，不笑不哭就是福。可见，在旧时代，女人在有些时候是不能算人的。

二

三家村，三个姓，处得像一家人一样，极少发生内部斗殴事件，吵架的次数也不多。如果吵架，长辈就会站出来，各对各家的孩子进行训斥，训斥不管用，就掌嘴，先责令自家的孩子自己打自己 10 个嘴巴，再由长辈打 10 个嘴巴，这时候，鲜血像蚯蚓一样从鼻子和嘴巴爬出，不一会儿就是脸上、衣服一片红，性格懦弱的会哭得泪水似流海一样，几天时间都不好意思见人。

不好见人，还有一个原因，脸和鼻子肿得跟馒头一样，还是紫里透红的馒头。

各户管好自家人，看好自己门，不护短，不怂恿，在今天看来也仍有一定的借鉴意义，只是，要摒弃手段上的粗暴和血腥，切实尊重人权。

三家村的男人，晚上出去做“夜活”时，分成 3 个组，黄姓、耿姓、李姓各带一组，三个姓的人混合，分组不分家，按照性格、年龄、身体状况调配，领头的不管年龄大小，统称“大哥”，大哥除了有权发号施令，还有权处置人，临阵时刻，不听话的、犯了错误的，轻者扣份子，一晚上白忙活；重则“凉汗”一个月，一个月不准入伙。处罚决定临时宣布，即时生效，不给申辩，申辩掌嘴。

三家村的男人，有名有姓，但彼此之间是很少直呼其名的，通常对于平辈和晚辈的，习惯于喊：耿家老大，黄家老二，李家老小；对于长辈的，人们就喊：耿家大伯，黄家二叔，李家小叔，等等，以此类推。

为什么要这样呢？谁也不清楚，一代代都这样传过来的。

这些从小就被家族规矩管得服服帖帖的夜行侠，做起“夜活”来却从不心慈手软，跟平时在街上走路，在戏台下看戏，是两个截然不同的气度和嘴脸。这里有必要介绍一下三名大哥。

先说耿家老大。他的名字叫耿广成，属虎的，生得虎背熊腰，一看就是个力气疙瘩，二百斤重的担子放在他肩膀上，他背不驼，腿不抖，可以一连气走好几里路；饭量也大，十几个馒头，填不饱他的肚子，在没有进入“夜活”这个行当之前，从来没有吃饱过肚子。

耿家老大大字不识一个，扁担长的一字都不认得，但头脑够用，牌九、麻将、纸牌，他样样在行。牌面上出现了哪些牌，还有哪些牌，有可能在谁的手里，他能猜得八九不离十。以前，他一有空闲就往热闹场合跑，但自从出现那一件事后，他就再也不赌钱了。

那一年，他推牌九，黄家老二，李家老三，李家老三的妻哥，三个人跟后面押牌九，黄家老二输了不少钱，当晚一个劲地喝闷酒，酒后回家把老婆打了个半死，女人一根绳子搭在自己脖颈上，差点弄出人命。

耿家老大说：“钱没有了，还可以再挣；人要是没有了，到哪里找？赌钱这玩意，败家、害人、伤情，谁以后再找我赌钱，别怪我不给他好脸色！”

从那以后，别人农闲时打牌，他就背着渔网到河边捕鱼，大鱼卖，小鱼吃，老婆孩子乐滋滋的，冬天没法用渔网，他就穿着胶皮衣服，破冰在河内摸鱼，呆头呆脑的鱼，一摸一个准。

做夜活，一般都在冬季，其他三个季节不适于做夜活。俗话说“秋收冬藏”，只有冬季家里才有最多的东西，吃的，喝的，用的。有人可能要抬杠：大财主家，有钱人家，哪一天家里没有东西呀？话是对的，可是有钱人毕竟就那几个，天下做夜活的要是都这么想，有钱人也就不成其为有钱人，早都家破人亡了！再说，有钱人家，不缺枪支，不缺家丁，是一块硬石头，花岗岩做的，轻易是攻不破的，十个八个土包子，不是人家的对手。

这样说来，这些做夜活的土包子，也是“尽拣软柿子捏”，一般人家和穷苦百姓，是他们下手的对象。

三家村这些男人，就是土包子。

洋包子在哪儿？在高山峻岭中，在山寨中，占山为王，做一单，算一单，轻易不开张，开张吃半年，小打小闹，他们看不上。

耿家老大性子急，嗓门大，做事风风火火，但有分寸。他带的队伍，入室抢劫时，轻易不伤人，除非对方先动手；也不大呼小叫地吓唬人，他觉得自己是从人家锅里拨一口饭吃，一粒米，一碗面，都是人家的；他也从来不把人家弄得秋风扫落叶似的，往往手下留情，给人家留一口饭吃。

他的做法，每每被别人瞧不起，说一个大老爷们，人高马大的，却比娘们的心都要软，上天白给他配了一件男儿身。说这话的是黄家老二，但他不敢当面说，当面说，耿家老大一只手就能把他举到空中，说是闹着玩的，也能把人吓得半死。

黄家老二比耿家老大还大一岁呢，但是不显老，个子不高，白白净净的，讲话带一点儿女人腔。他上面的哥哥，个子比黄家老二高半个头，体态也比弟弟魁梧，但小时候一打架，准是哥哥吃亏，哭得身子一抽一抽的，爹就瞪着眼睛骂道：“没本事的货！早晚会被人家打死！”

黄家老二并不是耗子扛棍——窝里横，他在外边也是天不怕地不怕的，因为这，不知被掌嘴多少次，脸上嘴上伤痕累累，但他没有记性。他瘦小的身材，长颈鹿似的脖子，往往具有迷惑性，对方要是拿他不当一回事，轻视了他，注定要吃亏的，吃大亏。先天的劣势促使他养成一种行为习惯，总是先下手为强，遇到什么就用什么做打斗工具。

爹看他野性难收，就让他跟私塾先生学识字，背诵《三字经》《增广贤文》，他会背，也懂里面的意思，但是做起来又是另外一套，爹只有摇头叹息。

黄家老二娶妻生子以后，就开始摆出比爹更权威的样子。他很少到农田动体力，偶尔去一趟，伸伸蚂蟥腰，龇牙咧嘴的，不是这儿疼，就是那儿痒，爹气得眼睛喷火，恨不得一脚把他踹到地上，揉揉心口，但忍住了，真要给他一脚，说不定他会跑到郎中药铺去，睡个三天五日呢，丢人现眼。

每当这个时候，黄家老二的婆娘就说："要是实在不能干，就回家吧。"得到这句话，他就晃晃悠悠回到庄上，看蚂蚁上树，看蜻蜓戏荷叶，闲得浑身打冷噤。

晚上做夜活，他却是一把好手。一般人见到女人哭，小孩嚎，都会软下心来，但他不！越是这样，他越能狠下心来，把孩子的口粮——米粉，哪怕就一口口，他都会风扫残云般扫掉；他进了人家门，不由分说，先是一顿猛打，打得男户主求饶，打服了，他才住手，这一招叫"下马威"。有了这一招，男主人再也不敢对家里东西隐匿不报了。所以，他每次的收获都比别人大。

为了多抢一点东西，他每次都对户主施暴，他动手，下面几个人也动手，拳脚无情，拳脚不长眼，那年腊月二十八，一个男人因为骂了他们一句"狗强盗"，被几个人拳脚交加，打得当场吐血，鸡叫二遍时就咽了气。

黄家老二想把这件事瞒下去，不料被爹知道了，老婆也知道了，爹拿着烧火棒把黄家老二追赶了好一阵子，没打上，就骂："你早晚会有报应的！老天不会饶过你！"老婆哭了几天，眼睛哭成了桃子。

三

三家村的男人，当初走上"做夜活"这条路，是有原因的。当然，无论从道义上，还是从国法上，强盗就是强盗，抢东西就是抢东西，不管什么原因，都不能成为做坏事的理由。那一年，快过小年了，三家村家家户户穷得一贫如洗，要吃的没吃的，要穿的没穿的，连续三年的冬旱夏淹，已经让每一个家庭耗尽了元气，连借粮借钱都没有方向了，老百姓第一次尝到了"庄稼不收当年穷"的滋味。

李家老小，男孩中排行老四，除了他有老婆孩子，其他三个哥哥全部打光棍，人们都说，三家村的后生，要数李家四个男孩长得最养眼，要脸面有脸面，要身材有身材，高高大大，浓眉大眼的，老天不长眼啊，让李家三个人打光棍，可惜了！

李家老小的娘，在生下最后一个女孩的时候，得了产后风，没顾上瞧，就蹬蹬腿走了。几个孩子，到了晚上哭成一团，要娘！孩子哭，爹也哭，村东头村西头的狗，也成夜地叫。

又要回到刚才的话题：三家村男人走上“做夜活”这条路，是什么原因呢？

那天傍晚，西天边的大圆球红得吓人，就在快要落山的时候，李家老小那两个多月的男孩子，突然停止了哭声，眼睛睁得大大的，鼻孔却没有了气息。这个娃，从生下来就没有吃过娘的一次乳汁，就这平常饥一顿饱一顿的现状，女人身上哪来的乳汁？孩子可怜，每天靠煮熟的米汤充饥，本来就瘦骨嶙峋的身子，一天天变小，最后缩成了一团。看到孩子拳头大的头颅，知道他是人，是婴儿；如果单单看他的身子，跟一只流浪的小猫，没有多少区别。

都知道这孩子顶不长，但是，孩子真的走了，所有人的心，都像被刀绞了一会儿。

李家老小抹抹眼上的泪，说：“大哥，二哥，三哥，饿死是死，被官府砍头也是死，缩头一刀，伸头也是一刀，今晚，我们弟兄四个去弄点吃的！”

他又跪在爹的面前，重重地叩了三个头，说：“爹，今晚要是我一个人死了，你不要为我收尸，没用的儿子就该喂野狗；假如，今晚你的四个儿子全部死了，你就挖一个大坑，把我们四个一起埋了，让我们到阴间手拉手，有照应。”

然后，头也不回，四个人手上都拿着一把砍刀，一根木棍，顶着夜幕，走了。

爹一屁股坐在门槛上，瘫软得如一滩稀泥，望着黑漆漆的天空，眼泪一下子就决了堤。

天快亮时，李家四个儿子回来了，手里拎着大包小包的物品，还有咸猪坐臀。

此时，三家村大人们几乎都起床了，站在大路上，三三两两地说话，笑一阵，骂一阵。半夜时，他们肚子就开始咕咕响了，巴不得早早天亮。

看到李家四个儿子肩背手提，一脸的满足，人们都看直了眼，耿家老大呆了半晌冒出一句：“好，好哇！能过一个肥年啦！怎么样，老话没有错吧，富贵险中求！”

人们带着复杂的表情，散了，各自回到家门。深冬的早晨安静得让人觉得异常，没有公鸡的鸣叫声，没有牲口的哼哼声，只有一群饿得前心贴后背的人。

四

那天晚上，李家老小在路上就跟三个哥哥说：“我有几句话先讲在前面：第一，我们只要吃的，不要钱；第二，我们只拿东西，不伤人，除非人家想要我们的命，否则，不要跟人对打，打也不要往死里打；第三，我们只要过年的口粮，多余的不要，不贪心。可有听明白呢？”

三个人都说：“听明白了！”

“听明白了就开始！”李家老小说。

前面是一个没有几户人家的小村庄，住家零零散散的，没有灯光，也没有狗叫，四个人没费多大的事，就翻进一户人家的院子。

里面人可能听到了响声，一个怯生生的声音从屋子内传来：“谁……谁呀？”

四个人也不吱声，只轻轻一推，房门开了。

低矮的草房，三间，屋内冷飕飕的，跟外面温度差不多。

油灯亮了，灯光如豆，一个脏兮兮的床上，睡着四口人，两个大人，两个小孩。

四个陌生男人的突然进屋，让他们不知所措，男户主可怜巴巴地问：“四位哥哥，有事吗？”

女人身上抖得像筛糠一样，不敢正眼瞅人，飞快地把孩子搂进怀里。

李家老小问：“有吃的吗？熟的，生的，都行。”

男户主仿佛得到皇帝特赦一般，感激地说：“有，熟的生的都有。”从床上爬下来。

桌子上，一碗菜糊糊，一块窝窝头。

户主说：“两个孩子得病，几天不见好，大人孩子都没胃口，所以……”

“生的呢？”

户主从黑暗处拿出一小袋东西，说：“这是玉米粉，不嫌弃的话，拿走吧。”

李家老小鼻子一酸，转身就走。

到第二家，过程跟第一家一样，进了屋，两个老人把他们四人上下打量了一番，老头子说：“第一次出来吧？”

李家老小点点头。

“你们随便拿，给我们两个老不死的，留点口粮就行了。过了年三十，就是饿死了，也算长一岁了。”

四个人找了半天，只发现一个不大的坛子，揭开上面的盖子，坛底有一层白花花的大米。

老大抱起坛子，正要往桌子上倒米，老头子咳嗽着跑过来，大声喊：“这个不要动！要动，你们先勒死我！”

“为什么？”李家老小问。

“这是我孙子的救命米。”

“孙子呢？”

“死了！昨天死的。我前脚迈进门，他就没气了，借了几家子，才借了这点儿。”老人说着放声哭起来。

李家老小抬腿就走，眼睛起了雾。

三个哥哥存不住气了，说：“照这样干，天亮都弄不到一粒米。”

到第三家，是强行进门的。

墙头过于高，翻不进去；院门太牢固，怎么推都推不开。四个人同时抬起右腿，一声“开”，一起朝门跺去，门顿时重重地倒下去。院子内两个中年男人拿着木棍，堵住门，怒目圆睁。

李家老小领头，飞舞着砍刀，眼也不看，大有砍到谁谁倒霉的气势，三个哥哥随后，刀耍得呼呼作响。两个男人见势不妙，乖乖地让开。

一股浓烈的腊肉腊鹅味道，飘进弟兄四个的鼻孔。东南角一侧，是大米和白面，足有五六升；东北角，是一口大缸，木质的锅盖压在上面，缸内堆满了腊物。

李家老小努努嘴，几个人很快就弄了两袋米，一袋面，一只猪坐臀。

走出这家的门，东方已露出鱼肚白。再跑一家，既没有必要，也没有机会了，况且手里还拎着这些东西。

一路上，谁也没有说话，忏悔和失落，像一条大蟒蛇，紧紧地缠住李家弟兄四个的心。

“以后找其他活路吧。这不是人干的事！”李家老小心里想。

五

紧挨着李家四个儿子之后，三家村的耿家和黄家相继做起了“夜活”。

可他们并没有李家顺利。黄家老二，第一天做夜活就失手，跟在他后面的四个人，被全庄子的男男女女手执火把追赶着，喊叫声把他们吓得丢盔弃甲，两手空空跑回家。

耿家老大也不顺利。开始抢了一点东西，进入第二家的时候，中了埋伏，几个人被打得鼻青眼肿，耿家老大的左胳膊还被打断了。

吃了败仗的黄家和耿家，跑到李家讨问诀窍，李家老小哑着嗓子说：“没有诀窍，只有老天爷对我们李家的可怜！我死去的儿子在保佑我，让我得到一点年货，几口人不至于饿死……”

听了这些话，人们都走了。

“年啊，快点过去吧，过去了，就什么牵挂也没有了。”李家老小这样想。

三家村的几十口人，都在这么想。

人，真是最顽强的高级动物。没有米面可吃的三家村人，硬是靠吃野菜、树皮和河里的小鱼小虾，把春节挨过去了。

过完三天年，三家村的男人们就开始摩拳擦掌，他们知道，春荒这道坎，比春节还难迈。以往的经验告诉他们，春天，人就像纸糊的一样脆弱，几天没有东西下肚，说倒就倒，就跟倒麦捆似的。

正月初几，其实还在五九六九的时候，还是冬天的气候，慵懒的人们缩在被窝内，沉醉在“正月过年，二月赌钱”的氛围中，防范意识还没有生长出来，“做夜活”比较容易得手。

正月初四开始，三家村的男人，天擦黑时就开始往一块儿集合，然后消失在茫茫夜幕中。

李家弟兄四个纹丝不动，安安静静地过他们的年。

还没有到正月十五，三家村男人已经有好几个人受了伤，头上裹着血迹斑斑的老粗布，胳膊上吊着带子，在自家屋子内走来走去，像一只困兽。

但看得出，他们气色不差，之前浮肿的脸，现在透出健康和自信来。

当布谷鸟在庄子西头老槐树上，成天叫唤的时候，农人们都知道，稻谷快要下水田了，三家村的人们陆续恢复到往年的劳作中，该干什么，就干什么，一年之计在于春嘛。

这时候，田野上，沟塘里，山坡上，生机勃勃，郁郁葱葱，能吃的植物和动物都冒出来了。勤劳的三家村人，只要能填饱肚子，别的还奢求什么呢?

那段时间，晚上暂时没有男人外出了。

六

人，往往就是这样，只要跨出过第一步，再想收回脚步，是很难的。

这一年的冬天，有吃有喝的三家村人，突然又有了夜间行动。组合在一起的那几个人，一个月下来，家庭里吃的喝的用的，明显跟别人家不一样。

有了差异，就有了对比；有了对比，就有了攀比。随大溜和跟风赶潮像流行性“蛤蟆瘟”一样在这个偏僻的庄子里蔓延开来，男人们纷纷捡起了春上用过的器械。

李家老小对这事，内心有着来自骨子内的鄙夷，他顽强地抵抗着这种带着血腥气的诱惑，然而，他抗不住婆娘缠绵的眼泪，最终，在一个雪花飞舞的夜晚，带着三个哥哥上路了。

有道是“偷风不偷雨”，意思是下雨天和下雪天不适合做夜活，道路上留下脚印，那可是直接证据啊。李家老小剑出偏锋，他认为，越是雨雪天，最容易得手。

光阴流转得飞快。一晃，好多年过去了。

这些年的风风雨雨，让三家村人意识到：打虎亲兄弟，上阵父子兵，在有些情况下是颠扑不破的真理，但在做夜活这一块，父子兵，亲戚兵，往往会出现各自为政、谁也不服谁的情况，战斗力会越来越差；还会出现分配战利品时的斤斤计较和得寸进尺；保密性上也大打折扣，再大的秘密，第二天早上，都会在女人堆里传得沸沸扬扬。

因为以上的原因，三家村男人，吃过许多亏，在庄子内延续了几十年的“争吵掌嘴”，到了做夜活时，就变得一钱不值，人没到家，路上就想动手动脚，也是常有的事。

这就出现了后来的耿、黄、李三姓打乱旧序、混编队伍的新举措。这举措非常有效，那些杠头，那些自以为是的人，到了人家队伍，比乖乖都乖。

也就是从这个时候开始，三家村男人，一次都没有被官府抓到过，一次内讧都没有出现过，是一支纪律最严明的队伍；这又是一支奇怪的队伍，以大刀、棍子为主，枪支很少，不是买不起，而是不想用；本文一直称他们是做夜活，而不是强盗，是因为他们跟强盗不一样，完全不一样。

世事难料。1948 年 9 月底，八月十五刚过了不久，一支穿着浅黄色军装，带着黄色军帽的队伍开进了县城。紧接着，将地主老财的土地全部收回，然后，按照人口重新分配，当时叫“土地改革”和“打土豪，分田地”，三家村没有土豪，有限的几亩薄田，每家每户大体均匀，也就维持现状了。

工作组很少来到三家村，只有在开全村群众大会的时候，三家村的人们才露一下脸面。

那时候，会议多，人们精神头也足，白天耕作，晚上开会到半夜，谁也不觉得累，散会的路上，有人说笑着，有人哼唱着“解放区的天是蓝蓝的天”，改天换地，把人的一切都改过来了。

人随王法草随风。从解放军开进县城那一天起，三家村的人，就一次夜活也没有做过。不仅仅是出于畏惧，主要的是，新时代的旗帜下，财主不再是财主，有钱人也不再是有钱人，黄鳝和泥鳅一般长，都有饭吃，有事情做，哪有做夜活的必要？

就在三家村人以为高枕无忧的时候，一件谁也想不到的事情发生了。

那是稻谷飘香的季节，劳累了一天的庄稼人，都沉浸在甜甜的梦乡里。一天深夜，大雨滂沱，天黑得伸手不见五指，县政府大院内枪声大作，枪声持续了近一个小时，原来，是土匪头子张秃子从山上下来，带着上百个土匪，围攻县政府，意图把新生的革命政权扼杀在摇篮之中。这帮乌合之众，丢下几十具尸体，纷纷逃窜，张秃子也跑了。

要不是二十公里以外的驻军部队火速赶到，后果真的不堪设想。

这次土匪攻打县政府事件，给县委和县政府敲了警钟：国民党反动派的残余势力一天不肃清，土匪势力一天不镇压，百姓就没有一天安静的日子，新生的政权也会受到严重的威胁。

一场声势浩大的镇压反动势力的人民战争开始打响。

县工作组，乡政府工作队，村协查小分队，三级组织联动，摸底，排队，登记，甄别，一步步推进。从上到下，弥漫着紧张的气氛。

一个月后的一天下午，三家村男男女女正在田里种麦子，乡长带着五个背长枪的民兵，来到田头，村主任把耿家老大、黄家老二、李家老小三个人喊上来，三个人临时就被带走了。

一年后，耿家老大和李家老小披着一头的长发，回到了三家村，黄家老二再也没有回来。

黄家老二因为在抢农户东西时，出过人命案，罪行严重，带走后一年就被政府法办了。

黄家人认为，是耿家老大和李家老小出卖了黄家老二。嘴上不说，心里在说："三家村女人都学会了守口如瓶，几十年的规矩了！耿家老大、李家老小连女人都不如，表面上还装得人五人六的呢。"

耿家老大到了黄家，一刀砍在左手臂上，当时就鲜血淋漓，说他没有做过对不起黄家老二的事，如果做了，早晚被人砍死；李家老小也到过黄家，把自己的两儿一女押上，赌血咒。

后来，耿家老大和李家老小见面相互躲避着，偶尔开群众会遇在一起，也不吱声，如陌路人一般。

三大姓，没有了领头人，整个三家村更没有了主心骨，流行了几十年的"吵架掌嘴"被扔进了历史的垃圾桶。从这时候开始，三大姓之间就纷争不断，好像要把以前耽误过的无纷争岁月，一次性补上来。

被祖祖辈辈管怕了的三家村人，即使闹纷争，也闹不出什么名堂，打口仗居多，最厉害的两次也就是：耿家后生打烂了李家后生的脑袋，出现铜钱大的血口；黄家后生卡过耿家后生的脖子，当时，人卡晕过去了。

耿家老大，李家老小，看到这局面，叹着气，气得把拳头砸在自家墙上，直到砸出血来。

那一年，土改工作队的一名老革命住进三家村，看到别别扭扭的三家村人，就问怎么回事，问了好多次，才知道怎么回事，于是跑到县里去，看当初的档案，才知道黄家老二被法办，是受害人的后代举报的，与耿家老大和李家老小没有关系，这两个人原本也是不该被关押的，只因为知道黄家老二要被枪决，心里想，干脆陪老伙计一程吧，这辈子就到这儿了，于是赖在牢房内死活不出来。

真亲不恼百日。岁月的钟摆清楚地显示，土改工作队的老革命讲出事情真相的那天，离三姓之间心生芥蒂，才 358 天，还不到一年呢！

耿家老大，李家老小，又有了当年一言九鼎的做派，拄着拐杖，一脸的严肃。

"吵架掌嘴"自然是恢复不过来了。但是，一有争吵，各家管各家，不护短，有错就认，还一直存在，代代延续着。

往后的几十年里，三大姓都出了不少优秀人才，博士生，专家，大校军官，国企老总，民营企业董事长，都有，在山南县首屈一指。

今年，全国的扫黑除恶运动开展得轰轰烈烈，山南县也不甘落后，政法委书记在会上要求，摸底排查时，要做到乡不漏村，村不漏组，组不漏户，户不漏人。然而，干部们压根儿没有走进三家村村民组一步。去年，省、市、县三级已经来过不少人了，又是询问，又是记录，临走时拎了几大包材料。前几天，黄家老二的大孙子黄大宝到了北京，把“遵纪守法村民组”的牌子抱回来，据一个大领导说，三家村是中华人民共和国成立以来，全省唯一一个，没有发生过一起刑事案件的村民组呢。

二十一块一毛八

一

一天一夜的暴雨，把整个丰庄镇的沟塘河渠下得满满的，多余的水于是就争先恐后地往下游跑，哗哗的水声响彻田野，打乱了正月十六清晨应有的静谧。

瓦房村村支书常传金今天起得特别早。他起早并不是为了要出远门或者观察小麦苗情，而是由于昨晚饮酒过多，想吐又吐不出来，胃火烧火燎地有些难受，他准备找村医王路世给他打吊针。

走到村部丰收渠跟前，发现闸口有些不对劲，约半人高的黑黢黢的东西立在闸口，他不由得加快脚步，近前才发现是一个人坐在水中，坐西朝东，两手自然下垂，水漫过他的胸口，头部脸部满是条状伤痕，眼睛紧闭着，看样子不会是活人了，常传金倒吸了一口凉气，左右前后看了看，没有认出他是谁。

本村人没有他不认识的。这是谁呢？所幸的是，死者因为坐姿歪斜，被卡在了闸门北侧，要不然，闸门下游500米就是又宽又深的大沙河，死者要是被卷进了大沙河，可能尸体都找不到呢。常传金暗暗地想。

此时，常传金只消轻轻地把死者调整一下角度，死者就会从闸门轻轻而过，随波逐流地进入大沙河，进而找到最终的归属——淮河，这个念头在常传金头脑中电光火石般闪了一下，就“噗”的一下熄灭了，消失得无影无踪。

我好歹是一名村支书，即使不是村支书，我还是一个人，顶天立地的男子汉，我怎能这样做呢！瞎想啥呀，赶紧到镇政府报案去吧！他思忖着，在泥泞的村道上一步一晃地行走。

用老百姓的话讲，瓦房村这半年来算是背运背到顶了，摸鳖，摸到手的也是死鳖。三个月前，西圩村民组有一户生产烟花爆竹的，中午家里来人，客人多饮了几杯，醉眼蒙眬中顺手扔了一个烟屁股，不偏不倚扔在装炸药的大铁桶内，瞬间引起爆炸，在闷重的巨响声中，强大的冲击波穿过房顶，把 5 个人掀到半空中，当场死亡 3 人，1 人第二天死亡，仅有的 1 名幸存者伤势严重。这件事在全县影响很坏，区派出所所长，镇政府分管领导，镇公安员，瓦房村支书常传金，都受到不同程度的处理。傻子都明白，常传金现在是“戴罪之人”，前院枪声，后院失火，这次能有好结果吗?

不管这些了！要杀要剐，随便。目前要紧的是报案，破案，其他都不重要。常传金这样想着，几步跨进镇党委书记王云泉的办公室，一屁股坐在椅子上，喘着粗气说：“王书记，我们村出大事了，有杀人案……”

二

王书记立即找来镇政府公安员戴坤，让他向区派出所和县公安局分别汇报案件，请求上级公安机关支持，尽快破案。

戴坤来到镇政府办公室，办公室主任抱着话筒慢声细语地正在下通知，戴坤不管三七二十一，夺过话筒，笑笑说：“对不起老哥了，我急着用。”然后左手握着听筒，右手旋转电话机摇柄，随着一阵“呜呜呜”的声音，丰庄镇发生杀人案的消息依次传递到了区里、县里。

上午十点多钟，县、区公安人员陆续来到案发现场，此时闸口附近被群众围得里三层外三层，有几个人在尸体旁抹着眼泪，看到身穿制服头顶大盖帽的公安人员来了，人们自动闪出一条通道，叽叽喳喳的议论声变得越来越小，哭声也渐渐停止。

死者叫张闽，今年 52 岁，单身汉，瘸腿，一辈子没有下过田，靠挑着担子做货郎走村串户赚点零花钱，后来政策放开后，便在瓦房小学隔壁开了一个代销店。代销店很简陋，利润也薄，主要经营农村居民所需的香烟、火柴、食盐之类的日用品，以及学生作业本铅笔等。

代销店的门一直敞开着，看热闹的人早已把现场破坏得一塌糊涂。

经过法医勘察，张闽头部、脸部、胳膊等部位被砍了 21 刀，刀伤经过雨水淋和渠水泡，人形整个膨大起来，张闽的哥哥和侄儿要不是看到死者弯曲的右腿，也不敢断定是张闽，所以，常传金没能认出张闽也就不足为奇了。

魏法医对张闽的尸体进行了解剖，通过对死者体内食物的消化情况进行分析，得出结论：张闽大约死于 1991 年 2 月 28 日晚上 10 时。此案因此被命名为“228 案件”。

刑警队队长周青家带领侦查员对代销店进行现场勘查，刑警队副队长刘精神带领几名侦查员对张闽的哥哥、嫂子、侄儿、侄媳妇、侄孙女分别进行询问，刑警队骨干侦查员何光、公安员戴坤等人在渠道内寻找犯罪嫌疑人的作案工具、门锁。侦查工作有条不紊地全面展开。

让人疑惑的是，犯罪嫌疑人在现场没有留下任何蛛丝马迹和有价值的物证，代销店的门锁，作案用的刀具，也没有找到。难道作案分子是一名老手，懂得作案技巧？

张闽的亲戚一开始发现死者是张闽的时候，是哭了几声，但是，随着公安机关进行全面侦查，他们的情绪却异常地冷静，在询问过程中对张闽不时流露出厌恶和鄙夷，这让侦查人员多少有些想不通，毕竟死者是他们的至亲，死得又如此之惨，别说是亲人，就是别人，也会有恻隐之心的。

到下午一点半的时候，三支调查队伍陆续回到村部，常传金说：“走，到我家吃饭！”

三

皖西这一带流传这样一句话：正月过年，二月赌钱，三月种田，也就是说整个正月都有年的气氛，人们相互走动着，相互宴请，菜多菜少无所谓，但顿顿酒要喝足。如果不是出了“228 案件”，这些住在县城的公安干警们也是一天两顿喝，沉浸在年的欢乐之中。那个时代可没有规定国家公职人员中午禁酒，工作日全天禁酒，也没有规定公务接待不准用烟酒。

常传金家有两个餐桌，餐桌上摆满了鸡、鱼、肉、蛋和咸物，二十几号人一屁股坐在板凳上就再也不想站起来，一扫平时的斯文气，滋溜溜的喝酒声，牙齿嚼菜的声音，响亮而杂乱。

刑警队队长周青家说：“下午还有重要事情，大家中午少喝一点，每人最多只给喝2两。”魏法医接话了：“我可能特殊一点呢？解剖你是知道的，那个味，没有酒气遮掩，吃不消呢。”周青家故意说：“上午不是解剖过了吗？还有什么要解剖的？”魏法医挠挠头，笑着说：“好，这可是你周队长说的，从现在开始张闽的尸体我不会再碰了，不会再复检了。”

周青家端起一杯白开水，冒充白酒，“咣”的一声碰在魏法医的酒杯上，说：“你特殊，尽管喝，敬你！”引起满桌的团体笑。

吃过午饭，三个小组继续调查、访问，调查的范围从张闽的近亲属、一般亲属、本村民组群众、跟张闽关系比较近的群众，共4个层次依次铺开，纳入调查视野的有将近200人，要人人见面至少需要一周时间，这吃住问题如何解决？是吃住在村里，还是吃住在镇政府？

周青家和刘精神正在为吃住问题犯愁呢，傍晚时，县公安局张局长在丰庄镇党委书记王云泉陪同下来到瓦房村，两人打着雨伞，脚穿胶靴，裤管卷得高高的，初春的气候有些料峭，周青家刘精神跟张局长握手的时候，明显感觉到张局长的手比较凉。

20个折叠式小铁床，20床被子，20个洗脸盆，堆放在丰庄镇政府的大会议室内，这就意味着20名公安干警将要在这里安营扎寨。

这些物品是张局长安排货车送过来的。

参加破案的公安干警被安排在镇政府食堂就餐，10个人围成一桌，四菜一汤，两荤两素，每顿饭都吃得盘子汤水不剩；还不准喝酒，这是张局长下的死命令，谁违反，就按照违纪处理。张局长是这样考虑的：人命关天的案件，目前还没有一点线索，在群众眼皮底下大吃大喝，群众会怎么看？再说，喝酒往往会误事，影响破案的进程。

在镇政府食堂虽说不能大吃大喝，但是有菜有饭有干有稀，下村可就苦了，中午警察们只能就地买一点饼干或者方便面，从农户家倒杯热水，凑合一顿。困了，就趴在村部的桌子上打一个盹。

常传金实在看不下去了，就说："你们下村又没有背锅碗，中午这顿饭还是到我家吃吧！你们放心，是我个人招待，吃再多不会在村里报销一分钱。"

周青家说："不行啊，这是局长规定的，不给扰民，你的好意我们心领了。"

常传金牛劲上来了，脸一红，说："你们要是中午再吃饼干、方便面，从明天起，我们村'两委'7名干部就不陪同你们破案了！你把这句话转给张局长。"

周青家知道常传金是军人出身，性格直爽，脾气倔强，跟他硬碰硬肯定是不行的，不如干脆答应他，等破案结束再由刑警队把饭账结了。于是就说："行！答应你的要求，但是我也有一个要求。"

常传金说："你有什么要求？"

周青家说："每顿饭每桌10人，四菜一汤，不准招待白酒。"

常传金沉吟着，很不情愿地说："就依你的吧。"

这边正说着话，戴坤气喘吁吁地跑过来，说："周队长，刘队长晕过去了，正在村卫生室做急救呢！"

刘精神今年48岁，当了15年的乡镇干部，别的没落到，落下一身的病，胃病和神经衰弱症尤为严重。40岁那年，县公安局从乡镇干部中选拔派出所所长，身为副镇长的他积极报名，最终实现愿望。他改行的初衷是回避乡镇干部的快节奏的工作和一天两顿的拼酒，为胃病和精神减压。谁知道，到了派出所不但没能为胃和精神减压，在某种程度上，有过之而无不及，身体状况每况愈下，他仅仅干了三年派出所所长，就被调回县局，任刑警队副队长，刑警队周青家队长能力强，体贴下属，许多工作能一个人扛的时候，从不给刘精神压担子，所以说，这时候的刘精神才真正实现了精神和肉体的双减压。

安逸惯了，突然改变生活方式，一般人都会出现状况，更何况身体本来就不好的刘精神呢。从第一天来到丰庄镇他就不习惯这种没有规律的一日三餐，饥一顿饱一顿的，更不习惯在又矮又窄的铁床上，20 人一个房间，夜间打呼噜的，讲梦话的，床上翻身弄出响动来的，夜间起来解手关门不注意的，任意一种情况都能把他惊醒，一醒，就再也睡不着觉，越睡不着觉就心里越急，越急就更睡不着觉，完全是一个恶性循环。早晨起来，每天都是昏昏沉沉的，眼睛也红肿起来，他预感到长此下去身体会垮，只是没想到会来得如此快。

周青家走进诊所时，刘精神已经醒过来，医生王路世说他疲劳过度，营养不良，需要补充葡萄糖和维 C，要吊水。刘精神说啥也不同意，说案子没有任何进展，多一个人手，多一份力量，绝对不能躺下。刘精神抬腿想走，被周青家拽住胳膊，说："老哥哥，快 50 岁的年纪了，不要拿生命开玩笑，案子要破，命不能不要！听我的，躺下，把水吊完才工作，不在乎这半天。"刘精神执意要走，拉拉扯扯中额头上冒出了细细的汗珠。王路世从中拉弯子说："我给你开几瓶口服葡萄糖，配上维 C 片，效果差不多的。"刘精神点头同意。

周青家哪里知道，刑警队 20 号人，除了刘精神身体出现状况，还有其他 7 个人也分别出现了腹泻、感冒、胃疼、牙龈炎、失眠症，这些下属都知道周青家心特别细，又十分关爱他们，只得瞒着周青家，怕他着急，怕他分心，他是刑警队的主心骨，他的健康才是最重要的。

当然，这 7 位干警也不会知道，周青家的血压这几天升高了，脸潮红，头晕乎乎的，他只得加大了降压药的剂量。

刑事案件的定性往往决定破案的方向，但是“228 案件”的定性却出现了重大分歧，一种意见认为此案是情杀，因为死者头部、脸部、胳膊等部位被砍了 21 刀，其中致命伤就有 5 处，除了情杀，还有什么仇恨能引发犯罪嫌疑人对年过半百的老人下如此毒手？另外一种意见认为可能是仇杀，也不排除财杀，仇杀也会出现砍 21 刀的情形，财杀在特定情况下，比如熟人作案为了灭口，出于心理的不自信，怕受害人死不了，也会砍 21 刀。

认定情杀的是刘精神和魏法医，刘精神说：“张闽生前虽然是单身汉，但依仗手里有几个活便钱，依仗代销店内有吃的喝的物品，风流成性，跟许多女性发生过性关系，上至跟他年龄差不多的妇女，下至亭亭玉立的少妇，他都勾引，正所谓‘黑夜里摘扁豆——老嫩一把捋’，曾经有几个少妇的男人公开说要教训张闽。另外——”，魏法医清了一下嗓子，推了推鼻梁上的近视眼镜，补充说：“从刀痕来看，这 21 刀暴露出一种折磨性：伤口有砍痕，也有划痕；有用力大的，也有用力小的；面部，头部，耳朵，胳膊，都用了刀，人世间什么仇最大？当然是情仇。”

认定有可能是仇杀或者是财杀的是周青家、何光等人，他们认为，单单从 21 刀伤痕和伤痕的部位、深浅来定性为情杀貌似理由充足，其实是经不起推敲的。杀人犯的脾气各异，性格不同，杀人的残忍程度就不一样，一个残忍的杀人犯会因为钱财问题或者他自认为的仇恨问题，把死者弄得惨不忍睹；反之，一个性格温顺的杀人犯，即使是情杀，手段上也不会太残忍，因为他的目的就是让对方死，用再残忍的手法，也还是一个死。至于张闽爱搞男女关系的事，一方面这些说法仅仅是村里人对他的猜测，是真是假还没有核实，也没有必要核实，不足为信；另一方面，请不要忘记了，调查中还有人提到他喜欢打麻将，而且经常口袋有钱，却有意欠别人的赌博账，之后，人家向他要钱，他还不认账。他仗着自己是残疾人，言语上喜欢压着别人，还蛮不讲理，得罪过不少人。所以，不能排除仇杀和财杀的可能性。

案件分析会上，赞成情杀的占绝大多数，周青家考虑，如果按照少数服从多数的表决方式，貌似公平合理，其实隐藏着诸多的弊端，通常是感性压倒了理性，而理性才是最重要的。如果周青家坚持仇杀或者财杀的破案方向，从程序上是没有问题的，毕竟他是刑警队一把手，“家有千口，主事一人”嘛，但这样做会给大家留下独断专行的印象，会影响大家的工作积极性。当警察 20 年来，周青家最反感的就是主观武断和以权压人，有一年，一个强奸案件，仅有受害人陈述，没有其他证据，周青家就没有作为刑事案件立案，受害人一连几天找分管副局长又哭又闹，分管副局长被缠急了，就指示刑警队立案、抓人，周青家顶着不办，分管副局长气得把茶杯摔在地上，周青家也跟着把茶杯摔在地上，事情闹到张局长那儿，最后定性为流氓滋事，属于治安处罚的范畴，对那个男子行政拘留 15 天。

会议结束时，周青家宣布：“不要再争论了，案件的定性交给分管副局长或者张局长定夺，散会！”

四

张局长和分管副局长来到丰庄镇政府时，已经是中午十一点半，正是吃饭时间，喊来周青家刘精神在餐桌上边吃边谈，通报全县治安形势，分析案情。

张局长说：“全县治安形势不容乐观，第一季度发案率比去年同期增长百分之十五，目前有关‘228 案件’的流言蜚语像长了翅膀，有人说被杀的是村长，因为村长抓计划生育太激进，得罪了人，该杀；有人说死者是被凶手用‘五四式’手枪击毙的，击毙后又用刀肢解了身体，凶手是大侠。群众不明真相，人心惶惶。社会上被公安机关和乡镇人民政府处罚过的人蠢蠢欲动，昨天下午，高桥乡的一个解除劳教人员，酒后竟然跑到乡长办公室，对着桌子撒了一泡尿，一屁股坐在乡长的椅子上，说，‘胡汉山我又回来了，我要承包乡政府，要是不给我承包，丰庄镇瓦房村的案子就会重演’；前天下午，太平乡乡村干部清收上年度农户上交提留尾欠款，一名被行政拘留过的人纠集弟兄 6 人一起动手，殴打乡村干部，一边殴打一边说，‘丰庄镇把人杀了也就那么回事，我打你们，算是给你们面子，当心你们肩膀上的二斤半！’你看看，这些人气焰嚣张到何种程度！”

张局长第一个放下碗筷。他一边往茶杯倒水，一边说：“县政法委非常关注‘228 案件’的进展，限令我们 30 天内必须破案；对于高桥乡和太平乡新发生的两个案件，政法委要求我们从重从快处理，决不能让邪恶势力抬头。”

几个人都放下了碗筷。这顿饭，只顾听张局长讲话，饭菜是什么味道，大家都没有感觉到。

张局长最后说：“你们报给县局的案件定性，我和分管副局长通了气，认为暂时可以定为情杀，定性仅仅是一个方向，但不是案件的真相，在调查过程中我们视野可以放宽一点放远一点，不管是情杀、仇杀还是财杀的信息，都要全面收集，不能在一棵树上吊死。”

张局长和分管副局长下午还要赶往皖西地区公安处和省公安厅，有特别重要的事情。

五

连续多日的阴雨天气把人们困在屋内，人们的心情也快发霉了，今天，东方一轮红彤彤的太阳喷薄而出，给大地带来了生机和朝气。一大早，庄上人便起床，选上时兴的服装，面对镜子左看右看，准备赶集。

林叶叶洗了头，擦了头油，脸上涂了粉和雪花膏，哼唱着“千年等一回，我的心啊”，一切收拾完毕，就拎着人造革皮包出门了，她喜欢赶集，逢集必赶。

不可否认，林叶叶是村里的美人儿，无论是脸蛋、身材，还是气质，都是一流的。她那双会说话的眼睛，让一些男人免不了想入非非。

林叶叶是外地人，那一年张闽的哥哥张大虎带着儿子张胜武到岳西县贩木材，经常在林叶叶家吃住，伙食费和住宿费一天算 7 块钱，但谁也没有想到，林叶叶和张胜武竟然偷偷摸摸私订终身，在一个风和日丽的早晨两人跑到岳西县城，乘车来到丰庄镇瓦房村，林叶叶再也不愿回岳西了。

林叶叶的私奔，在那个时代是不多见的，瓦房村上了年纪的村民自然对她没有好印象。林叶叶模样俊俏，喜欢涂脂抹粉，专挑时兴服装穿，自然引起村上一些同龄女人的反感。所以，许多人一谈起林叶叶就面露鄙夷，说她是水性杨花，说她专门勾引有钱男人，一盆盆脏水往她身上泼，但是谁也没有证据来证明林叶叶的红杏出墙。

调查组决定先从张大虎和林叶叶入手。有人反映，张闽出事的当天中午，林叶叶曾到过代销店待了半个小时，出门时神情慌里慌张的；张闽出事的那天晚上八九点钟，张大虎到过代销店，弟兄俩吵得很厉害，还听到张闽的哭声，是不是张闽欺负了林叶叶，张大虎知道后报复了他?

询问时，林叶叶拒不承认28日到过代销店；张大虎也否认案发当晚曾到过代销店。

警察告诉张大虎："我们没有一定证据是不会找你的，你要端正态度，不要心存侥幸，如果再不如实交代，后果是严重的。"

张大虎把双手伸出来，说："你们有证据还跟我说什么废话?干脆直接把我铐上送到看守所去吧。"

"你……"年轻的刑警脸上泛起红晕，询问进行不下去了。

在另外一个房间，何光等人正在询问林叶叶。当林叶叶否认28日到过代销店以后，何光问林叶叶除了丈夫之外，有没有跟其他男子有过密切的关系。林叶叶问道："被男人搂抱，被男人亲嘴，算不算过于亲密的关系?"何光说："算。"林叶叶说："镇粮食站的小丁趁我不注意从身后搂抱过我，镇兽医站的小江到我家打猪针亲了我一下嘴，村里的无赖三子好几次递纸条给我，约我到县城开旅馆，我没答应……"

何光突然直奔要题，问："张闽对你有没有那个意思?"

"没有！"林叶叶很坚决地回答。

"好好想想，想清楚了再回答。"办案民警提示着。

"没有就是没有！这种事情哪能乱说呢?他好歹是我叔公，再坏也不至于对我有想法，退一步说，就是他有想法，我可会搭理他?"林叶叶脸色发白，由于过分愤怒，身子气得打抖。

何光急忙打圆场，说：“我们不是那个意思，你多心了。”

张大虎和林叶叶铁青着脸走出询问室时，已是下午五点，血红的太阳悬挂在西天边，树上的乌鸦发出“嘎嘎”的叫声，张大虎对着乌鸦吐了几口唾沫，跺着脚，连说了三声“呸”。

下午两点半，正是镇政府干部上班时间，三三两两的乡干部骑着自行车来到党政办签到。张胜武带着一身的酒气，歪歪倒倒走进党政办，问破案的警察住在哪个房间，党政办主任看张胜武的神情知道来者不善，就没有理他。

昨天晚上，他父亲和妻子回家后，一口饭都没有吃，不时擦拭着泪水，他一看就知道他俩下午被警察传去问话，肯定受到了委屈，而且不是一般的委屈。他问父亲详细情况，父亲啥也不说；问林叶叶，她也不说，后半夜时，林叶叶实在憋不住了就说了一句：“警察怀疑我跟叔公不干净……”

张胜武性格比较柔弱，整天除了喝酒就是打麻将，打麻将输了就到处借钱，借了钱还不能按时还，于是人们就冷言冷语挖苦他，甚至撵到家里当着林叶叶的面羞辱他，时间久了，他的性格自然失去了锋刃，男子汉的气魄也弄丢了。所以，林叶叶讲到警察怀疑张闽跟她关系不正常，他也就“哦”了一声，然后呼呼入眠。

酒壮怂人胆。中午张胜武跟麻将赌友多喝了几杯白酒，酒后他越想越来气：自己的叔叔被杀，这么长时间了，案子一点头绪都没有，却拿自己的父亲和妻子开涮，有本事去把凶手抓到啊！他决定找刑警队的人理论理论。

见没人搭理他，张胜武心中的火气一下子爆发出来。大骂镇政府干部，跟警察都是一个鼻孔出气的。“没本事破案，欺负老百姓倒有一手！我死不瞑目的叔叔啊，我可怜的父亲和老婆啊……”他放开喉咙哭起来，一副伤心欲绝的表情。

喊叫声和哭声惊动了二楼会议室办公的警察，刘精神带领两名警察下来，一左一右扭住张胜武的两只胳膊，张胜武误认为他们是殴打他，就拼命反抗，朝着身材瘦小的刘精神腹部就是一脚，刘精神当时就被踹得捂着肚子蹲在地上。另外两名警察只得拿出手铐，想铐住他，这时一个声音从不远处传来："别抓我的儿子，张闽是我杀的，你们放了他！"张大虎和林叶叶一前一后，急匆匆地跑过来。

六

紧跟县公安局和皖西地区公安处警车后面的，是两辆省城牌照的桑塔纳轿车，车子停在丰庄镇政府大院，张局长最先从警车内走出来，随后相继从车里走出 6 位身穿便衣的中年男子。

一个小时之前，张胜武在这里闹了一场酒后独幕剧，此刻酒醒得差不多了，正坐在镇治安联防队的办公室写检查，一脸的懊悔，嘴上反复说我错了，我错了，对不起刘队长！

张大虎坐在书记办公室，跟周青家闲谈着，刚下车的 3 名便衣走进来，对周青家耳语了几句，周青家点点头就关门走出去了，随后 3 名便衣开始跟张大虎谈话。便衣自我介绍说，他们是省公安厅刑侦处的，有事情需要了解一下。与之前刑警队的谈话不同的是，便衣慢声细语的，面部始终带着微笑，还主动掏出香烟给他抽。一开始便衣聊了一些似乎跟案件没有任何关系的话题，比如农村的收入情况，夏季的庄稼长势怎么样，看到张大虎放松警惕，便衣的警官猛不丁地冒出一句："张闽出事的那个晚上，你到代销店做什么？"

张大虎一惊，说："我没有去代销店啊，谁说我去的？"

高个子便衣说："学校老师看见的，可要我讲出他的名字了？"

张闽的代销店跟瓦房小学仅一墙之隔，有 3 名教师在学校吃住。

张大虎沉默了一会儿，说："反正我没去。"

戴眼镜的便衣说："你没有去，代销店怎么会有你的脚印？"看到张大虎慌乱的眼神，警察确信张大虎在说假话，于是无中生有地说了脚印的事，这是审案技巧。

张大虎鼻子上冒出细细的汗珠，夹烟的两个手指头开始抖动。

高个子便衣眼睛逼视着张大虎。

张大虎叹了一口气，说："跟你们说实话吧，弟弟出事那天晚上我是去过代销店，想借钱买化肥，他说钱都被打麻将输掉了，没钱。我一生气骂了他，他也骂我，我打了他几巴掌。"

"然后呢？"

"然后弟弟就哭了，哭得很伤心，说别人欺负他，家里人也欺负他。我觉得挺对不起他的，就走了。"

"回来的路上可有遇见熟人？"

"没有。"

"到家几点了？"

"到家时电视剧《渴望》正在播放，差不多八点四十左右吧。"

"县刑警队问你，你为什么不承认到过代销店？"

"我怕我承认了，我有 18 张嘴也讲不清了，因为我毕竟对弟弟有过打骂行为。"

几个便衣交换了一下眼神，就说："回去好好想想，明天我们继续谈。"

几乎在同一个时间，另外 3 名便衣在镇长办公室跟林叶叶谈话。

套路基本是一样的，也是先聊一些题外话，然后突然抛出一个问题，观察林叶叶的表情变化。

便衣以肯定的语气说："张闽出事的那天中午，你到过代销店。"

林叶叶回答："我没有去代销店。"

"大白天的，不像晚上，有人看见你去，要不要找他来对质？"便衣说。

一阵沉默。

"你去过，不代表你就是杀人犯；你明明去过却不承认，性质就变了，如果耽误了破案，是要追究你法律责任的。"便衣在攻心。

林叶叶咬着嘴唇，说："反正人不是我杀的，我就说实话吧，2 月 28 日我去过代销店。"

"去干什么？"

林叶叶说："我家小孩的爸打麻将欠了几个人的钱，隔三岔五有人上门催款，大正月农村人都忌讳这事，我就准备向叔公借几百块钱，把钱还了。我到代销店，叔公在床上睡着，说是重感冒，我就把他泡在脚盆里的衣服洗了，然后来到他床前，张口提借钱的事，没想到叔公比我还苦，说手里没有钱，也欠了不少人的赌账。他一边说话，一边抓住我的手说，孩子，嫁到我张家受苦了，然后摸了一下我的脸，眼神有些不对劲，我生气了，抽身就走，心想：我的脸是随便摸的吗？走到钱盒子跟前，我顺手拿走了里面的所有钞票。”

“他看见你拿钱了没有？”

“没有。他睡在床上，柜台高，看不见。”

“拿了多少钱？”

“三十二元。”

“为什么上次刑警队问你这事，你不承认？”

“我怕讲出这偷钱的事，警察会抓我，即使不抓我，传出去也没脸见人。”

便衣脸上掠过一丝不相信，说：“回家好好想想，明天我们继续问话。”

戴坤和戴眼镜的便衣把张大虎、林叶叶、张胜武送到家时，已经是晚上八点钟，乡村的灯火一片明亮，空气中飘荡着腊肉和白酒的香味，年味，在乡村弥漫。

戴眼镜的便衣在张大虎家前后转悠了一会儿，讲了一些安慰话，然后就跟戴坤走了。

在镇政府的书记办公室内，5 名便衣围在一台机器旁，屏住呼吸，听张大虎家的动静。刚才，戴眼镜的便衣跟张大虎家人说话的时候，悄悄把窃听器塞进了房间最隐蔽处。

窃听器不是随便可以使用的，必须是重大复杂案件，且要经过省级以上公安部门批准，今晚的窃听算是背水一战。

5 名便衣熬了一夜，到了第二天早上八点，彼此摇摇头，苦笑着。

昨夜张大虎一家人的叙话，客观真实地证明了，他家没有人是凶手。这也就意味着 10 天来没日没夜的工作是无用功。

省、地、县三级公安机关经过研究，决定改变战略，实行外松内紧，撤走大部分刑警，只留下周青家等 4 名刑警，由区派出所干警和镇公安员戴坤配合着，继续深挖。

把已掌握信息的所有与张闽有经济来往的人，经常与张闽打麻将的人，都认真梳理了一遍，没有任何疑点。

所有与张闽发生过纠纷的，哪怕是在麻将桌上有过言语冲突的人，也都一一排查，同样没有疑点。

瓦房村 16 岁以上的 1687 名男性，除了在外地打工春节没回来的，基本全部一个个过了筛子眼。

就在案件调查陷入绝境的时候，村医王路世突然找到镇政府，向周青家反映了一个问题。

七

王路世说："本村的常总连值得怀疑。可疑点有三：一是这些年他一直在家服侍瘫痪在床的母亲，从未出去打工，今年突然出去了，不合常理；二是他恰好是在张闽遇害的第二天早上出去的，太巧合；三是他的二愣子哥哥常海最近一段时间情绪特别暴躁，打张骂李的，前几天还把常传金家的育苗稻芽给糟蹋了，还扬言要杀了常传金。"

周青家握住王路世的手说："谢谢你提供了这些情况，我们会为你保密，希望你自己也不要声张。"他又对几名刑警说："怀疑终归是怀疑，不是事实，面对这样一个贫困而可怜的家庭，我们要格外掌握分寸。"

像常海这样性格倔强又有些智力障碍的人，传唤他到镇政府，他肯定不会主动来的，于是两名刑警身穿便衣来到他家，正好他在家。

两间土坯房内除了一桌三椅两床，别无其他。床上躺着六十多岁的母亲，怔怔地望着来人，不一会儿又把头扭过去。

常海承认自己把常传金的稻芽祸害了，问他为什么，他说看常传金不顺眼。问他是否讲过要杀常传金，他说讲过，问他为什么要杀常传金，他说看常传金最近蹦来蹦去的，特别讨厌他，被杀的又不是常传金家人，他忙那么凶干什么？问他弟弟是什么时候出去打工的，常海说记不得了。

问不出个所以然，两名刑警就不再继续往下进行了。

谁知，第二天早上，常传金报案：常海母亲投水自杀了。这个瘫痪的母亲趁着黑夜，硬是靠着两手的支撑，爬到了屋前的黑鱼塘，钻入水里……

周青家预感到案件已经出现转机，于是对常总连的住房进行搜查，在墙的夹缝处搜出了一双血迹没有完全洗干净的胶靴；又把黑鱼塘的水抽干，看到了血衣血裤、菜刀、代销店门锁，立即送检，进行指纹提取和血型鉴定。

一支抓捕队伍连夜奔赴上海川沙，在一个出租房内找到了常总连，他说了句：“今晚能睡着觉了！”

在川沙公安分局审讯室，几名刑警不顾一夜的疲劳，突击审讯常总连，他做了如下供述：“我喜欢打麻将，但口袋瘪瘪的，打牌心里没底气，输的多，赢的少。我虽然穷，但我说话算数，欠别人赌博账，答应什么时候还，就什么时候还，哪怕是变鳖，也要变出钱来。2 月 28 日下午，我输钱了，欠了牌友 10 块钱，说好的 29 日上午还钱，欠钱不洗牌。晚上我来到张闽的代销店，准备向他借钱，张闽翻着白眼不理我，只顾看电视，我就不好开口，这时，也许是鬼打昏脑了，我突然想到了抢他的钱。我就直勾勾地盯着那个钱盒子，看里面有不少钞票，这时，我顺手摸到一根木棍，朝着张闽的头部打去，他喊：‘连子，你要干什么？’我又打了他一棍，他倒在地上，不动弹了。我怕他苏醒过来去报案，干脆就一不做二不休，拿起桌子上的菜刀，闭着眼睛，对着他上身胡乱砍了几十刀。然后，我拿走了钱盒子内所有的钱，总共是二十一块一毛八……”

“为什么砍他的时候要闭着眼睛呢？”警察问。

“我跟他无冤无仇，又是熟人，不闭上眼睛，我砍不下去啊。”常总连用手抹了一下眼睛，眼泪鼻涕都下来了。

八

皖西中级人民法院以抢劫罪、故意杀人罪判处常总连死刑，立即执行。他没有上诉，表示服判。

那是一个落叶纷飞的秋季，在丰庄镇莲塘村一口100亩的低洼旱塘内，常总连被执行枪决。那天，观看者人山人海，奇怪的是，瓦房村竟然没有一个人在现场，许多人抹着眼泪，痛心地说“可恨，可叹，可怜！”

二十一块一毛八，搭上三条人命，血淋淋，戳人心！省法制报一名年轻记者含着热泪对“228案件”进行了专题报道，报道刊登后，在全省引起不小的轰动，各级党委、政府形成共识：赌风不刹，何来和谐安定？一场声势浩大的社会治安专项整治之战在全县打响，瓦房村被列为首批重点整治村，25名经常打麻将的人被行政拘留十五天；3名有过偷鸡摸狗前科的人，被列入重点管理人员，到派出所摁指纹，拍照片。

常传金在村“两委”会议上捶胸顿足，泪水飞奔地哭喊：“鸡飞蛋打，里外不是人啊！我们对不起瓦房村老老少少！”

常传金躺在床上好几天不吃不喝，人瘦了一大圈，头发白了一大片。

许多年后的一天上午，天空蓝得让人心醉，全省社会治安综合治理表彰会在皖西市召开，瓦房村作为全省唯一的村级先进单位上台做交流发言，鬓发斑白的常传金望着主席台下黑压压的人群，泪水在眼眶里打转，一开口便说：“人活一张脸，树活一层皮，为了这一天，瓦房村三千多口子奋斗了20年……”

阿九戒酒

阿九爹爱酒，雷打不动一日两顿，喝酒还带响声，第一颗花生米扔进嘴就开始吧嗒，吧嗒几声就扬一下脖子，然后“咕噜”一声，杯子空了，把阿九馋得口水滴滴。

馋急了，阿九就偷喝爹的酒，喝多少往酒坛兑多少白水，终于有一天事情败露，被爹撵了好几圈。

“想喝酒，你就去酒坊上工吧！”那年农历二月二，阿九被送到“十里香酒坊”去做学徒工。

学徒工没有工钱，阿九心想，天天有酒喝就成！于是，住进酒坊的第一个晚上，他就放开量喝起来，卢老板拿出 16 种不同价位的酒让他品，他也就不客气，把 16 种酒的品质从高到低排列，卢老板喝彩，他更得意，直喝得醉眼蒙眬，走高跷步。

天亮时，阿九起床了，摇摇昏沉沉的大脑，颇有些难为情。

这时卢老板走过来，说了声“好酒量啊”，目光就停留在房间里堆放的酒坛子上，忽然他的脸色难看起来，快步走出去，喊来 3 名伙计。

4 个人清点一次，又清点一次，都说：“是 45 坛，少了 5 坛。”

卢老板问阿九：“昨晚你闩门了吗？”

阿九说：“我闩了，绝对闩了。”

卢老板又问：“夜间你出去过没有？”

阿九回答：“出去啦，解手几次呢。”

“这就对了！”卢老板说，“我刚才进来，你还在床上，可是门没有闩呀。”

于是几个人都小声嘟囔：“5 坛酒被人偷了。”

阿九的脸先是火辣辣的，然后白中隐青，突然，他大声号啕起来，边哭边说：“我赔，我把自己卖了，也要赔……”

阿九爹得到消息也火急火燎地赶过来，说：“卢老板，真对不起，丢人啊，算算多少钱，我全赔。”

卢老板把账房先生的计算清单拿来：“5 坛上等白酒售价 20 块银圆。”

阿九爹倒吸了一口凉气，说：“卢老板您大人大量，容我分期还，好吗？”

卢老板说：“可以，5 年还清怎么样？”

阿九爹感恩戴德地直点头：“行，行。”

阿九爹又说：“孽子不能留在这儿丢人现眼了，让他滚吧！”

卢老板说：“到哪儿还不是学徒？在这儿吧。”

阿九爹叹了一口气，狠狠地看了儿子一眼，走了。

阿九“噗”的一声跪下，对着父亲远去的背影狠劲地叩头，直到被卢老板扶起。

那一天太漫长了，阿九第一次感受到什么叫度日如年。晚饭时，卢老板差人喊阿九，让阿九吃饭。

餐桌上摆了不少菜，酒散发着浓浓的香味，桌上只有两个人：阿九和卢老板。

卢老板给阿九斟了一杯酒，自己也斟了一杯。

阿九的脸一下子红了，嗫嚅道：“我不喝酒。”

卢老板劝他：“喝一点吧，不喝醉就是。”

阿九犹豫了一会儿，说：“不喝！”

“不给老板面子？”

“不给。”

“不喝，明天解雇你！”

“解雇，我也……不喝。”

卢老板偷笑，独自喝，漫不经心地讲“喝了一辈子酒，出了一辈子丑”的故事，最后说，酒师要时刻保持清醒，品酒不喝酒，不然会出大事；还要特别细心，一块灰烬一个烟蒂都要留意……

阿九频频点头。

阿九话语不多，但爱笑，例外的是，他见了酒师老张就不笑，他说老张不地道，问他咋不地道，他说老张配料配药总是背着他，经常买烟给他抽还这样。

卢老板就把老张叫到柜台，说："阿九当你助手 3 年了，也该传点真经给他了。"

老张说："我的吃饭家伙怎能随便示人？"

卢老板说："你这本领也是在'十里香酒坊'学的，不是你从家带来的吧？"

老张说："行！那我告老还乡。"

卢老板叹了口气，挽留。

第二天老张还是拎着大皮箱走了。

八名伙计似木桩一样地呆立在酒坊内，成了没头苍蝇。

阿九说话了："卢老板，我来试试，酿好了您别奖我，酿砸了您就罚我。"

卢老板说："成。"

阿九把爹找来，阿九试酿，爹品尝，父子俩除了睡觉，成天闷在蒸酒室，第七天，阿九喊卢老板和伙计们来尝"头酒"。

卢老板第一个竖起了大拇指。

阿九当了酒师，"十里香酒坊"在县内外声名鹊起。

那个月光如水的晚上，卢老板宴请阿九父子，酒过三巡，卢老板站起来，拱手，鞠躬，面带愧色，说："对不起，阿九醉酒那夜，其实一坛酒都没有少，我看阿九过分贪杯，但又是酒师苗子，所以就……"

25 年后，"十里香酒坊"变成"阿九酒坊"，一辈子仅喝了一次醉酒的阿九，笑眯眯地站在门口，高举酒杯，向南来北往的人们敬酒，当然，这是一尊塑像。

老河湾的四把刀

一

那时候的老河湾是一个生产队，52 户人家，308 口人。生产队的西边是一条 10 米宽的大沙河，一年到头波浪滔天，从没有断流过。怎么可能断流呢？它的上游连着淠河、响洪甸、磨子潭，这 3 大水库可是安徽省境内规模较大的水库，名气大着呢。

老河湾也有名气。生产队的土壤是夜湿土，再干旱的天气，农作物也轻易不会枯死，也正是因为这个原因，老河湾人每年都要种棉花，棉花是经济作物，在人民公社时代，经济作物值钱，每年秋天棉花盛开的时候，整个老河湾被一片白色和红色的花朵覆盖着，这个时候杀猪屠户顾广举就会扯开嗓子唱起来："棉花开上天哎，又是丰收年，人民公社好，幸福万万年哟……"这时候，张多萍，戴兰豆，刘侉子，就跟在后面长一句短一句地接唱，笑着说："这歌词快老掉牙了，该换换新鲜一点的了。"

顾广举回了一句："我看人也该换换了，换换新鲜些！"然后坏坏地笑，拿眼瞟了一下张多萍。这一瞟，可让戴兰豆和刘侉子心里酸溜溜的，两人几乎同时从嘴里发出一声："去你的，臭不要脸的家伙！"

到此，老河湾的四大名角全部出场了：杀猪屠夫顾广举，会骂人的张多萍，抽旱烟的戴兰豆，话里有话的刘侉子。一次生产队开会，这 4 人各讲各的理，互不相让，队长拍了一下桌子："你们四个，人人心里揣着一把刀，你们加起来就是四把刀！别当我不知道！"把大家都逗笑了。有了这四把刀，老河湾怎么会安静得下来呢?

二

顾广举人长得不丑，五官端正，身材不胖不瘦，但上天不知道怎么回事，也就眼睁睁地让他打起了光棍。其实，他打光棍也不能怪别人，是他自己耽误了自己。21 岁之前，不少媒婆，不，那时候叫介绍人，可没少往他家去提亲，也先后带了几个模样还算可以的姑娘去相面，结果顾广举没有一个看上的，不是嫌人家个子矮，就是嫌对方嘴巴大，反正都配不上他。介绍人问他究竟喜欢什么样的，他说："喜欢柯湘那样的！"介绍人立马蔫了。那可是革命现代京剧《杜鹃山》上的演员杨春霞，在北京住着呢，用八抬大轿也抬不来呀。从那以后，除了顾广举的姑姑和婶婶们偶尔提这个事，其他没有人再敢提了。

一晃，顾广举到了 25 岁，按照当地习俗，25 岁还没有结婚的男人，不是好吃，就是懒做，要么就是头脑有问题，这个毫无依据的悖论，基本上决定了顾广举这辈子没有机会再订婚、结婚了。偏偏这年夏天涨大水，河里鱼多，他的爹妈到老河湾去捕鱼，妈一不小心滑进河中，在波涛中一起一伏，爹扑下去救她，她死死拽住丈夫不松手，结果两个人都被河水吞噬了。

顾广举的婚姻大事，从此没有了声响。

想到爹生前讲过的一句话："饿死小秀才，饿不死手艺人。"他想到了杀猪屠夫这行当，出一把笨力气，有吃有喝的被人伺候着，临走还带着东家给的猪下水，多好！

他买了几包"大丰收"香烟，在公社食品站内见人就递烟，三天之后，一个耳朵上夹着几根烟，嘴上叼着烟的中年屠夫，把他领进屠宰场，开始手把手地教他杀猪的技艺。

年轻人学东西学得快，5 头猪一杀，什么都会了。

学成归来的顾广举，杀的第一头猪是张多萍家的，这猪只有 50 多斤，因为有病，瘦成了一把骨头，兽医说瞧不好了，赶赶刀，还能落点儿肉吃，再犹豫几天恐怕连一盆肉都弄不出来了。

顾广举一个小鸡扭头，就把那头可怜的病猪夹在胳膊下，手起刀落，黑红色的血喷出来，但流量不大，待滴完最后一滴血，猪被扔在地下，等待放进开水内去毛，解剖内脏。

开水倒进大木桶的时候，猪突然呼哧呼哧站起来了，然后满院子走动，顾广举见状，慌忙跑过去，捉起后腿，对准猪的脖子继续动刀，这时张多萍放学到家的儿子看到这场景，哭叫着跑过来，说不准杀他的猪，顾广举一惊，刀环绕猪脖子划了一圈，整个猪头离开了身子。

孩子拿出拼命的架势，对着顾广举又踢又打，哭得梨花带雨，非要让屠夫赔他的猪。的确，猪是这孩子喂大的，有感情在里面。

那顿饭吃得最憋屈，八个人坐在饭桌上鸦雀无声，只有嘴上咀嚼食物的“咯咯”声。

时隔几年之后，顾广举还在琢磨：“出鬼了！瘦成皮包骨的病猪，居然能死而复生，莫非是妖猪？”想到这，他心里就有些打战。

顾广举此后频频出现在农家的红白事场合，他不仅会杀猪，还能做出一大桌菜，他的不吸烟不喝酒不打牌的习惯，让许多人对他高看一眼。他会开玩笑，专门开带颜色的玩笑，人们说：“寡汉条子瞌睡多，只落一个嘴快活，别跟他计较。”

他 40 岁那一年，身体突然开始滑坡，吃不下饭，晚上睡觉也不踏实，有好多次夜里，迷迷糊糊被猪的惨叫声弄醒，醒来以后，床前什么也没有，他到县医院和公社卫生院去治病，服药，吊水，几天就好了，能吃能睡，可是一回到家就旧病复发。他整个人瘦成了一根扁担。“这是报应！”他心里说。他的远门姑奶看到侄孙瘦成了皮包骨，心疼死了，做贼似的压低声音说：“孩子，放下屠刀，立地成佛。”后半句顾广举没有听懂，前半句他懂了，于是，第二天早晨，生产队一上工，他把两把杀猪刀和一个大木桶挑在肩上，对着冉冉升起的太阳高声喊：“老天作证，从今以后，我顾广举不会再杀猪了！”说完，把刀和木桶扔进大沙河，刀没有发出任何声响，木桶也悄无声息，在风口浪尖上远远地去了。

三

张多萍以前在娘家时，其实是不骂人的，不知道什么原因，嫁到了老河湾却成了骂人祖宗。当然，这骂人祖宗称号并非社员们集体研究确定的，也不是投票选举出来的，是顾广举最先叫出来的。

张多萍的丈夫是一个没有血性的男人，任何人手指脸骂他，他也不会生气。窝窝囊囊，身子还重，生产队收工以后，到了家里什么事也不做，倒头就睡，像一个睡不醒的瞌睡虫。身子懒，嘴却勤快，张多萍每次跟他吵架总是说不过他，张多萍实在没有办法，就开始骂他，骂他油嘴滑舌，骂他没有男人的担当，骂他当初欺骗了她，用尽手段把她哄到了手，哄到手就开始装爹了。丈夫偶尔回骂一下，她就觉得吃很大的亏，于是，张多萍更气，就喊丈夫的乳名，一口一个“驴子”，被路过门口的顾广举听见，顾广举捂着嘴笑了：“驴子好呀，‘天上龙肉，地下驴肉’，张多萍捡了便宜还卖乖呢，从哪儿找这样的好男人，还不知足呢！”

当天下午上工，顾广举就悄悄对戴兰豆和刘侉子嘀咕：“你看你俩多贤惠，从来不骂人，哪像张多萍，骂人祖宗一个！”

这话张多萍本人没有听见，过了几个月，不知道谁透露给了张多萍，张多萍就在西瓜地里开骂了：“谁说我是骂人祖宗？我骂你什么了？我骂我男人关你屁事！一个大男人背后讲女人坏话，是什么玩意儿！”一边骂着一边眼睛往顾广举这边看，顾广举脸红耳热，羞愧得想钻进地缝里去，心里想，这里面一定出叛徒了。

收工以后，顾广举分别跑到戴兰豆和刘侉子家，说：“你们给我带麻烦了，知道惹不起她，你们还出卖我，弄得我猪八戒照镜子——里外不是人。两位姐姐，你们不能这样干呀。”

戴兰豆和刘侉子都不承认自己是叛徒，说谁要是叛徒，谁生的孩子没有屁眼。

顾广举知道这赌咒有点假，这两个快五十岁的人，根本生不出孩子了，背着手，悻悻地回到家。

他想了一宿，没有想出跟张多萍和解的法子，快天亮的时候，他眯着了，梦中梦见张多萍一手拎着白酒，一手端着红烧肉，嘻嘻笑着向他走过来……

他醒来时，早工已经下了，他匆匆做了一口面糊糊，吃到嘴里，一点胃口都没有，这才想起已经几个月没沾荤腥了，过两天要买点猪肉吃。

早饭饭碗一放，就要上工。路上，顾广举几次笑眯眯地瞅着张多萍，想讨好她，换来的依然是她一副冷冰冰的脸。他急了，几步跑上去，紧贴在她的后面，嗫嚅着：“多萍姐，我……我昨晚做梦了，梦见你……”话还没有说完，前后行走的人“噗嗤”一下笑起来，刘侉子笑得直不起来腰，这女人念过几年书，懂的东西多，就说：“顾广举做春梦做到张多萍身上了，早晚你俩会有故事哦，哈哈。”

张多萍本来就找不到发火的燃点，听到刘侉子的两句话，心里的火一下子升腾，她扭过身来，对准顾广举的瘦脸就是一巴掌，巴掌的脆响在风中鼓起来，顾广举的左脸也随之鼓起来。

这巴掌来得太突然了！所有人都吓得伸了舌头，不再说话，顾广举委屈地揉着眼睛，亮晶晶的东西滚出眼窝，落在坚硬的地上。

“你顾广举，我眼里早就有你了！那年你手艺还没学到家，就敢给我家杀猪，一个不该杀的猪被你杀了！你不杀，猪兴许还能活下去，好可怜的猪呀，头都割掉了。”张多萍那破锣一样的嗓子开始骂街。她丈夫跑到跟前，做了个手势，示意她不要再说了。

没想到，张多萍的声音更大：“我骂他怎的？这杀猪的事，我在心里忍着，也就罢了，你看他，居然背后说我坏话，说就说了吧，还当着这么多人的面占我便宜，说什么梦不梦的！你也撒一泡尿照照自己，是个什么东西？”

顾广举跑到张多萍面前一下子跪下："多萍姐，我喊你娘！你能不能别说了？"

生产队长也跟着拉架打圆场，说："本队的老姊妹们，开玩笑也罢，背后瞎嘀咕也罢，都有依仗，错就错了，就不要再上纲上线了，俗话说'光棍只打九十九，不打加一'，听我一句劝。"

全场悄无声息。人们的面部表情很复杂，同情，愠怒，不解，都有。那是老河湾几百口成年男女，记忆里从没有遇到过的沉闷和尴尬，空气中的火药味，仿佛只欠一根烟即可引爆。

下午，顾广举没来上工，当西天边一轮血红的太阳快滚下地的时候，有学生跑来，说顾广举屋子里传出的气味好难闻，有味道。生产队长说了声"坏了"，带头跑进顾广举那间草房内，但见顾广举躺在床上，地上是空空的农药药瓶。

顾广举大姐、二姐带着亲戚们，把僵硬的弟弟抬到张多萍家堂屋，那天晚上风急雨大，公社干部和大队干部打着手电穿着胶鞋来了十几个人，好话说尽，才平息了事态。

四

戴兰豆来到老河湾时，她已经快四十岁了，是二婚，比她大 5 岁的丈夫王大头，却是货真价实的童男子。因为这一点，戴兰豆觉得好像亏欠了丈夫什么似的，家里，外面，对男人都显得特别温柔。

戴兰豆爱抽烟。经济条件所限，她吃不起盒装香烟，就从集镇上买烟叶子，到家以后烘干，剪成烟丝，直接放进一尺半长的大烟袋内，吸起来一脸的陶醉。

丈夫也吸烟，只是没有戴兰豆的烟瘾大，真正没有烟叶的时候也不怎么着急，算"半吃烟"的人。

在没有出现顾广举服毒事情之前，四把刀因为性格比较张扬，都喜欢说话，彼此关系非常好，远征水利兴修，晚上坐在煤油灯下甩扑克，准是他们四个人。女人三把刀，年龄相仿，嘴上不让人；顾广举这把刀，光杀猪，不杀人，况且他是小老弟，比她们小好几岁呢，当地有“长嫂似母”的说法，没有几个女人把顾广举当大男人看。

顾广举之死，让女人三把刀背负了一个无形的包袱。首先，是几百口人的眼睛，那眼睛虽无声但能说话：谁让你们乱传话的，谁让你们火上浇油的，谁让你们用刀子一样的话逼顾广举服毒的？人们都认为这事儿是女人三把刀联手造成的，并分不清谁谁谁具体做了什么捅心窝的事。除了三把刀，没有其他人伤害过顾广举。其次，三把刀女人，每个人对顾广举究竟做了些什么，自己清楚，时过境迁，想想确实是自己错，大错，特错，那种愧疚和揪心，局外人是很难体会的；第三，每年的清明，顾广举的外甥外甥女都来祭奠舅舅，口口声声说要在大沙河里找回那两把杀猪刀，理由是：舅舅对畜生都下不了手，把杀猪刀扔进河里了，自己却糊里糊涂地死了，要让杀猪刀亲口告诉舅舅，这是为什么？

在张多萍安葬好顾广举的第二天，她就跟戴兰豆翻了脸。张多萍站在家门口，一把鼻涕一把泪，愤怒声讨小人，说上了小人的当，不该耳朵根子软，不然怎么会弄出这等事来！戴兰豆知道这是骂自己，就一股劲跑到张多萍家门口，掏出旱烟袋质问张多萍骂谁，张多萍说：“谁当小人就骂谁。”戴兰豆说：“顾广举说你是骂人祖宗，带有开玩笑的意思，我学给你听，也是说着玩的，结果你自己当真了，怪谁？”张多萍厉声道：“大烟鬼，你骂我，就是骂你自己！”两人越讲火气越大，就打起来了，打得鼻青眼肿，成绺的头发被撕下，人们费了不少力气才把双方拉开。

因为张多萍骂了戴兰豆一句“大烟鬼”，戴兰豆气得一夜没睡，第二天一大早就把旱烟袋用砍刀劈了，塞进锅灶内，在噼里啪啦的燃烧声中，戴兰豆青一块紫一块的脸蛋上，成串的清泪爬出眼窝。

她心里想，我本来不是刀，也不想成为刀，结果却成了刀，这把刀要扔！

五

识文断字、模样俊俏的刘侉子，在老河湾女人堆里算是比较靓丽的。这种档次的女人，在那个年代，通常是不会屈嫁到乡下来的。

但刘侉子到底还是吃上了农家饭，跟着现在的丈夫偷偷从那个集镇跑出来那一年，她已经踩在了39岁的尾巴上。

“那个男人不是个东西，成夜折磨我，还打我，说我是不能下蛋的老母鸡！”说这话时，刘侉子已经躺在现任丈夫宽大的怀抱里。

她的前任丈夫是一名街道干部，独生子，吃商品粮，是一个爱起女人来如一团火，冷淡起来似一块冰的人。

刘侉子的不育看来已经定型，因为，那些年，她丈夫下了很大的功夫，她苗条的腰身也始终是那个样子。

刘侉子想得开，就说:“有孩没孩都一样，现在国家政策多英明啊，老‘五保’不也挺好吗？”说这话时，兀自笑起来。

刘侉子虽是从北方过来的，但她祖籍是浙江人，她的语言，她的性格，不像北方人，倒是南方人的韵味更多一些。她缜密的心思，多疑的个性，给自己带来不少烦恼，也给别人带来不可逆转的厄运，比如顾广举服毒。

刘侉子总是希望所有的男人都能正眼看她，最好还能当众夸她几句“你真漂亮”“你好有学问”，从小到大，她一直被父母宠爱，嫁给前任丈夫的第一年，也是被男人爱得喘不过气来，自从嫁给现在的他，她觉得自己没有了女人的自豪感，他是好人，却不解风情，是那种光会埋头拉车，不会昂首嘶鸣的马。所以，她需要外边男人们的关注。

那次顾广举当刘侉子和戴兰豆的面，拿眼瞟张多萍，让刘侉子很是失落。她觉得顾广举简直瞎了眼，一想起他与张多萍仅一墙之隔，她胸中的妒火就燃烧起来。所以，那天顾广举说张多萍是骂人祖宗，她当晚就咬着耳根告诉张多萍了，既添了油也加醋了，不像戴兰豆是当作玩笑话说给张多萍听的。

顾广举之死，是她没有预料到的，没预料到的事情发生了，属于意外，她有什么责任呢？她把这句话撂出来的时候，丈夫气得脸色铁青，把饭碗都摔了。

但不管怎样，曾经的三把刀之间已经成了路人，准确地说成了仇人；老河湾的几百号人，也没有几个人愿意跟她说话了，人家怕。

聪明伶俐的刘伶子怎么也没有料到，自己 56 岁那一年，突然晕厥，送到医院拍脑部 CT，诊断为脑梗死，出院后带有后遗症，成天拄着单拐，见人痴痴的。

六

新世纪迈着坚定的步伐，笑眯眯地来到人们面前。

随着打工潮的兴起，偌大的老河湾变得异常安宁，庄子里除了蹦蹦跳跳的学龄儿童，剩下的多是上了年纪的人，张多萍、戴兰豆、刘伶子，满头银丝，拄着拐杖，颤颤巍巍的，站在夕阳下，站成一道被霞光泼洒的弯弓。

每天，三位老人都要出来走一走，但是，各走各的道，三条道既不相交，也不重合，一副井水不犯河水，老死不相往来的态势。

人与人之间也真奇怪，当初无话不说的几个人，现在成了陌生人，甚至仇人。

这种局面已经持续存在几十年了！村干部说，这一代老人，记性真好，几十年前的事，还记着呢。

扶贫工作队队长得知这个情况，开了会，说要把解开三位老人的思想疙瘩作为扶贫的一项工作内容来抓，资金扶贫是扶贫，思想扶贫也是扶贫。他声情并茂地讲了老河湾四把刀的来龙去脉，把队员们的眼睛讲得湿湿的。

工作队员分头跑，三家老人都见了，根子问题也好面子问题也罢，谁都不愿主动跟对方说话。

那天早晨，张多萍老人主动敲开了扶贫工作队的门，她说："这事不要你们操心了，我来弄，事情因我而起，不怪她们俩；当初顾广举的杀猪刀都能扔，现在我们还有什么刀不能扔的？"

那天下午，通红的夕阳慢慢西下，大沙河边站了三位老太太，对着河水鞠了三个躬，随后一阵苍老的哭泣声飘在河的上空。

工作队队长站在远处，也陪着她们落泪，心里说："舅舅，河里的两把杀猪刀不要找了，老河湾现在没有刀了。"

方总的十五岁

这件事，在今天看来实在是微不足道，就连蔡大成自己也这么认为。就是这件微不足道的事，差点出了人命。

那年冬天，寿县县委决定对全县第一大水库——安丰塘进行整修，抽调全县力量，集中优势兵力，打一场万亩水塘水利兴修大会战。于是，一支由县、区、公社、大队组成的四级干部队伍，一支由技术员、采石队、土方民工组成的一线队伍，分散居住在安丰塘附近的农户家里。

15 岁的嘎子沾了远征河堤的光，第一次走出大山，见到了外边的世界。

15 岁，还是孩子，大人们劳动一天记工 10 分，嘎子记工 6 分，这种高规格的远征河堤，按说他是不能参加的，无奈他所在的生产队男劳力太少，又加上他娘苦苦哀求，生产队队长蔡大成叹了一口气，大手一挥，去吧！嘎子就坐在开往安丰塘的红色拖拉机上面，在金色的霞光里，随着“咯咯”的挂挡声，拖拉机喷着黑烟，四轮驱动起来。

他娘怎能不哀求蔡大成让嘎子上工呢？嘎子爹死得早，娘三十几岁就患风湿性脊椎炎，腰弓得像虾米一样，几乎不能做农活了，三个孩子跟在后面要吃要穿，不让老大嘎子挣点工分，到了秋天，生产队分红时就没有办法平账。工分，是那个时代农民的唯一收入。

嘎子当晚就住在了一个农户家。房东真好，一家 5 口人挤在最小的房间内，却把最大的房间腾给了民工，当然，那一批所有房东都是这样的，不仅仅是嘎子的房东。千万别认为这是有偿住宿，不是，一分钱报酬都没有，房东说，你们从百里之外跑来给我们修水库，我们感谢还来不及，要什么钱呢？

除了嘎子、蔡大成，房间内还有本生产队的另外 6 个人，地面上铺上厚厚的稻草，这就是他们的床。晚上，劳累了一天的 8 个人，吃过晚饭后，洗洗脚，倒头就睡，横七竖八地，房间内连下脚的地方都没有。

有时候蔡大成他们也找点乐趣，比如打打扑克，玩玩“老虎吃小孩”，但时间玩长了便觉得不好玩了，有人就提出玩牌九，用的也是扑克牌，只不过是扑克牌中间的 32 张，一个人做东，其他 3 个人分别位居三方。推牌九是要动经济的，赌资可大可小，几分，几角，几块，都可。昏暗的煤油灯下，4 个人赌，4 个人看，有时候赢家快活得拍着大腿哈哈大笑，冲击波大到能把房顶上的土坷垃都震下来；有时候为了一分钱两分钱的事，相互指责甚至咒骂，弄得脸红脖子粗的，但第二天早晨洗脸时，相互有讲有笑，好像昨晚什么事情都没有发生过。

这种状况维持了不短时间，后来，出了一件事。

一个下雨天，滚珠大的暴雨砸在地面上，弹出伞状的花朵，房前屋后的雨水争先恐后往下游跑。蔡大成高兴地拍着手喊道：“下雨就下牌，就怕没钱来，干吧！”雨下了一天一夜，几个人推了一天一夜的牌九，第三天早上雨过天晴，几个人晃晃悠悠上了工地，没有一点儿精神，晚上下工时，蔡大成走着走着，开始摸自己的裤口袋，先是一惊，接着又摸口袋，最后索性把口袋底翻出来，大声喊：“出鬼了，我的三十块钱没有了！”

其他几个人都说：“不对呀，你是赢家，本来身上就有钱，怎么会分文没有呢？”

蔡大成说：“谁说不是呢！”

有人问：“会不会是干活时不小心，把钱弄丢了？”

蔡大成把裤口袋再一次翻出来，半尺深，瓷碗大，就是装几千块钱也不会装满，何况三十块钱呢？装不满，就不存在钱从口袋丢失的可能。

“那就只有一个可能，家里出内鬼了！”6 个人都在说，唯独嘎子一声不吭。

晚上，蔡大成说："各位，对不起了，不是我不信任大家，而是我觉得这件事窝囊。如果这事不查清楚，今后的两个月大家还怎么在一起？我想对大家搜身。"

6个人都说："可以。"小嘎子点点头。

先从嘎子开始。嘎子红着脸蛋，浑身脱得光溜溜的，袜子、鞋也交给蔡大成检查，什么都没有。

另外6个人是一起进屋检查的。嘎子隔着门缝看，6个人刚脱下袄子和棉裤，就被蔡大成摆手制止住，低声说："做个样子，还当真了！"

那一刻，嘎子脸火辣辣的，几滴咸乎乎的东西滚落到嘴里。

人们看嘎子的眼光也有了异样。

又是一天晚上，蔡大成笑嘻嘻地对嘎子说："嘎子，走！出去透透气。"嘎子说："好，"声音小如蚊嘤。一前一后，走出门。

冬夜的皖北大地，静谧，寒冷，月光似凉水泼在身上，嘎子不由得打了几个冷噤。蔡大成说话了："嘎子，做人要实在，要正派，对不对？"嘎子说："对。"蔡大成又说："我的钱除了你拿，别人不会拿，我知道你家缺钱，缺钱，我不是让你来挣工分了吗？你怎能这样待我？"嘎子一下子哭了，哭得身上一抽一抽的，几天来的屈辱和郁闷，把他折磨得快要疯了！他说："蔡叔，我真没有拿你的钱，没拿……"嘎子的泣不成声，让蔡大成动了恻隐之心，他赶忙拉住嘎子冰凉的手，说："也许是叔叔错怪你了，嘎子怎会干这种事情呢，走吧，回去睡觉！"

嘎子睡不着，嘎子心里难受，嘎子要回家找娘！下半夜时，蔡大成解手，发现嘎子的被窝没有人，大惊，几个人跑出来，在河边上发现了正在脱衣服的嘎子。

河水一人多深，二指厚的冰层覆盖其上，嘎子，这哪里是回家呀，分明是在玩命。

木木的嘎子，站在原地被冻得似傻子一般。

嘎子的少年时期，一直活在蔡大成丢钱的阴影中，任何场合中，他都不插话，远远地躲在一边。

时间的车轮转了几圈，就转出了一片新天地。1979年农村土地包产到户，嘎子说："娘，好日子来了，您等着享福吧！"他没白天没黑夜地在土里刨饭吃，恨不得把土地吊起来，四面八方都种上庄稼，那几年，眼看着他家的余粮堆到了房顶；几年后，又建了一个小型砖瓦厂，把村里几十人安排进去，像城市人一样按月领工资；当人们不再喊他嘎子，而是喊他方总的时候，他已经建了好几个公司，年年站在全县优秀企业家的领奖台上。

一天傍晚，方总正要出门，蔡大成拄着拐杖来到他的办公室，嘴唇抖动了半天，说："有件事儿要是不讲出来，我到临死时都不会安心。那年远征河堤，我说的那个钱，其实是滚到袄子夹层去了，唉！你看这……"

"没什么呀，蔡叔叔，我都忘记了，真的忘记了，我成天忙得屁股不挨板凳，哪有空闲想那件事啊。"方总一脸的真诚。

蔡大成说："你忘，归你忘，我的心里可一直不安呢。"

"其实，老人家，不管是你还是我，忘记以前的不愉快，都是一件好事呀，哈哈哈。"方总开心地笑起来，爽朗的声音穿过三楼，回荡在七月的天空中。蔡大成被他笑得有点儿懵，眨巴几下眼睛，跟在后面也讪笑起来。

巢

一

按揭贷款这个词，最早萧文是从汪公嘴里听说的，那是2004年的秋季，孩子到皋城一中报到。萧文不知道具体含义，汪公就耐心解释，萧文听后就笑着说："这个世界真美妙，居然还有买房子允许赊欠的，赊欠十年二十年都行，绝了！"

汪公看见表姐夫两眼放光，就说："你也可以买房呀，孩子在这儿读一中，租房子也挺不划算的。"

如果没有汪公的这句话，也许就形成不了这篇小说，我们也就看不到一个身无分文的人，是如何购买商品房，以及随后有怎样经历的故事。

萧文似乎没有多加考虑，就满口答应汪公："买！"

妻子戴青用腿踢了踢萧文，萧文看了戴青一眼，眼睛中流露出一丝坚定的神情，意思是，你别拦我，房子我是买定了。这眼神戴青看得懂，无奈地苦笑了一下，就任凭丈夫和汪公高谈阔论，从货币的贬值，谈到农村城市化的势不可挡，从一次性欠债，谈到零钱聚总钱的可行性，有钱人即使口袋有钱，也是按揭贷款，为什么呢？当下的钱，用在当下才是钱；当下的钱，用在未来会大大贬值，只有房屋能够保值甚至增值。总而言之，按揭贷款是世间最伟大的福利，等同于天上掉烙饼。

那天晚上，萧文一夜没有睡，睡不着，兴奋和激动像长了一只手，在他发烫的太阳穴上轻柔地抚摸，让他思绪万千。

萧文是青莲镇政府一名办事员，在世俗眼光看来，40 岁还是办事员，不是工作能力低，就是做人有问题，镇政府大院仅仅几十号人，要是按论资排辈，萧文至少也该干到办公室主任或者计生办主任位置上了。但恰恰相反，萧文不是不会干，而是太能干了！他 28 岁就当上了青莲镇副镇长，负责集镇建设和康居工程建设，街道上 203 省道两侧 63 户居民的房屋需要拆迁，退出红线 15 米，结果遭到居民的强烈反对。许多人家一旦退后 15 米，就没有了重新建房的宅基地，也就意味着举家迁出黄金地段，只能到重新规划的新宅基地建房，新宅基地住家可以，做生意不行，附近还没有形成市场呢。

绝大部分居民配合工作，自己主动拆了房屋。还剩下 4 户，号称“上面有人”的钉子户，口口声声说镇政府瞎胡闹，违法拆迁，不听！

镇政府跟 4 户居民协商了十多次，货币补偿，房屋置换，什么办法都想了，还是无法达成协议。眼看着公路两侧搞得跟炮打的一样，影响车辆通行，于是在一个月以后的那天上午，萧文带领土管所、建设所、法院、派出所的一些相关工作人员，后面跟着铲车，一股劲把 4 家房屋推倒，当然，屋内的所有物品一件不落地转移到了镇上工业区，做了登记，并有专人保管。

第二天，几个人就跑到了北京。

省、市、县都慌了，派人去接，几个人哭着喊着就是不回来，说，除非把萧文撤职，否则就一直在北京待下去；撤了萧文的职，才会跟政府谈判。

最终，这次强制拆迁被有关部门认定为违法拆迁，应该予以纠正。违法的原因是没有办理拆迁许可证，也没有跟被拆迁户达成拆迁协议。

萧文被免去副镇长职务，受党内严重警告处分。宣读处分决定那一天，4 户居民在被拆迁的废墟上放起了烟花，扯起了鲜红的横幅，上面写的是“党和政府不护短，百姓身边有青天”。

想到这，萧文眼睛湿润了。

二

萧文想在市区买房子，其实有更深层的原因，什么原因？他不说，他也不想说，包括对戴青。

32 岁，他被免去副镇长职务，按照行政上的通常做法，一般会在两年之后自然复出，当然不一定在本镇任职，可以异地交流。然而，他这一免职，坐在镇财税办公室科办员的位置上，再也没有挪动过，连财税办主任都没有当上，成天跟在地税所年轻人后面，踩百家门槛，除了要钱还是要钱，跟纳税户打口水仗，有时候还会发生推推搡搡的事情。萧文心里想，他这辈子难道注定就要跟街道居民打交道？注定要每天带着一肚子的气回家？注定让老婆孩子担惊受怕？于是他向上级组织提出调离青莲镇，到其他乡镇去，换换环境。

人事局干部科负责人说，副科级以上的干部，归组织部管，组织部有权安排副科级干部在全县交流。你属于咱们人事局管，人事局要把你调往其他乡镇，须得跟所在乡镇的党委通气，看人家是不是有编制；即使有编制，也要人家愿意接收才行，然后，人事局才能开调令。现在财政包干，一个萝卜顶一个坑。

编制卡在那儿，是实情，各乡镇科办员都不缺，缺的是领导班子成员；就是缺科办员，哪个乡镇愿意接收一个受过处分的人呢。这些话是青莲镇党委副书记老汤说的，说这话时，老汤一脸的得意，还有一脸的不屑，言下之意是，你萧文这样的人，脾气硬，性格直，到哪儿都不受欢迎。老汤跟萧文向来关系不好，这位跟萧文爹年龄相差不了几岁的老牌干部，看不惯萧文的年轻气盛，萧文也看不惯老汤的老谋深算，不是一条道上跑的车，硬拴在一起跑，怎么也不会和谐。

老汤真正让萧文心痛的不是上面的几句话，而是在镇政府食堂的餐桌上。萧文端起酒杯向老汤敬酒，老汤上下打量了几下萧文的衣服，笑着说：“小萧啊，你这褂子有年头了，穿在身上不好看哪。年轻人嘛，怎么不讲究呢，跟我老头子一样，哈哈。”萧文站在那儿愣了好半天，老汤才把酒杯端起来，一仰脖子，满杯酒到了肚子。借着酒劲，他又说：“小萧啊，这一桌人，看来只有你跟我这辈子‘不能上县’了，要在青莲镇一直待下去了。我是‘老不上县’，你是‘小不上县’，哈哈哈。”老汤的眼珠被酒精烧得通红，萧文的眼泪一下子就跑出来了，他背过脸去，用手偷偷擦去咸乎乎的东西。

“不上线”在安徽大别山一带是贬义词，意思是没修养，没出息，这里老汤以“县”和“线”的谐音，既讥讽了萧文的坏脾气，又表达了萧文这辈子注定不会进步，连县城都居住不了。想想也是实话：组织上断然不会把萧文调进县城，萧文个人也没能力在县城买房。

萧文是独生子，两辈单传，自己生了二胎，这是政策允许的。戴青是农村妇女，在几亩地里刨食，农业收入加上萧文的工资，只够一家 6 口人维持温饱，没有结余。那几年，全县连续两年干旱，秋季水稻几乎没有收成，群众手头没钱，上交提留就无法完成，庄稼不收当年穷，更何况两年不收呢？县财政银根紧缩，乡镇干部的工资只发一半，剩一半欠在那儿，一向服从大局的镇干部啥也不说，工作照样干，不讲钱的事。手头紧，借钱，亲戚朋友们眼中的镇干部是体面的，从不担心还款能力问题，到儿子上皋城一中的时候，萧文已经是满身的债窟窿了。

萧文自信，他买房子借钱没有问题。

戴青淡淡地说：“难说呀，此一时，彼一时了。”

萧文对妻子伸出右手的小指说：“拉钩，谁输了，罚款一百！”

戴青说：“我翻跟头都翻不出一个硬币，谁跟你拉钩？”说着就兀自笑了。

拉钩也好，不拉钩也罢，戴青的话，萧文不得不考虑。这位高考落榜生，在校时学习成绩排在前几名，一到正规考试就发挥失常，几次考试都是这样。

按照心理学理论，考试时过于紧张和焦虑的人，大多是对事对物比较敏感的人，敏感的人凭着第六感觉，判断事情，都有着较为准确的应验。

那年，萧文带队强拆了 4 户居民的房屋，戴青看着灰头土脸的丈夫，眼睛充满血丝，她既心疼，又忧虑，建议他立即向镇党委书记汇报整个拆迁情况，让党委书记安排其他班子人员出面，安抚 4 户人家，在经济赔偿上大幅度让步，最好是安排老汤做 4 户的思想工作，毕竟这 4 户，领头的是老汤的堂弟。可戴青话才讲到一半，萧文就摇头了，说天塌不下来，天塌了，有高个子顶着，他是小个子。当晚戴青就预感到情况不妙，一夜没睡好觉。果然，第二天早上，人家就坐火车上访去了。

还有一年，从来没有来过青莲镇政府的萧文舅舅，突然打电话过来，说第二天上午过来。戴青接电话时说，舅舅，我把您的话转告萧文，如果他明天不出差，一定在家等您。言下之意是，如果萧文出差，舅舅有可能见不到萧文，萧文每月在外开会、培训一周以上很正常。聪明的戴青知道，这舅舅无事不登三宝殿，只要他来了，不管正事歪事，就必须办，不办，他什么气话都说得出来，甚至会在大院子里大喊大叫。以前，萧文就领教过。戴青就跟萧文讲，明天你该干什么就干什么，舅舅来了，我好酒好菜的招待，有事我替你扛着。萧文不听，中午在村里吃过饭，骑着摩托车赶回来了。舅舅喝了几杯白酒，一嘴的酒气，他来找萧文，其实是为邻居儿子当兵的事。萧文说："外乡镇的干部我不熟，我帮不上忙。"舅舅说："帮不上忙也要帮！我一口答应人家了，说你有这个本事，你不办，让我怎么见人？"结果，萧文低三下四转了几道弯子，也没办成事情，还落个舅舅埋怨。

萧文有个特点，动起来时，一只猛虎一样，闪电般地做事；静下来时，可以一整天坐在凳子上，一动不动。他这时开始琢磨按揭贷款的首付从何处借，今后每月的还款资金来源在哪里。

汪公早就给萧文计算好了：102 平方米的房屋，每平米 1798 元，总价 17 万多，首付 30%，大约 5 万多元，这笔钱在一个月之内就要准备好。找谁借呢？酒桌上的朋友不少，读中专时的同学也多，他们都比萧文手头活络，但真的到了张口借钱的时候，萧文一下子英雄气短起来，他真的不好开口。

这些年，一家 6 口人，指望萧文一个人的工资是撑不住的。萧文这边的亲戚，戴青这边的亲戚，能借的，都借过了，旧账未还，又借新账，这不是萧文夫妇的做人风格，哪怕放弃购房，也不会那样做的。

萧文又自己算了一下：儿子和女儿，三年高中期间，每人需要各种费用至少 3 万元；四年大学期间，没有 6 万元过不去，这个标准相当低，比来自农村的学生都低，但现有的经济条件，只能对两个孩子这样了。

他现有的工资是每月 600 元，一年 7200 元。这点钱，即使全家人把嘴缝上，又能起什么作用呢?

萧文不敢往下面想了。

三

萧文早上才出门，就接到汪公的电话，让他三天内凑齐五万八千元首付款，办按揭贷款手续，如果逾期，则视为放弃购买。

萧文给同学江天打电话。江天跟萧文是初中同班同学，在朝阳县老庙初中的同学中，是关系最铁的。一年前，在一次同学聚会中，萧文曾开玩笑说，假如有一天，我要外出创业了，没有启动资金，能否从江书记手里找赞助呀？江天说，可以，完全可以。这位豪爽、仗义的党委书记，一直受到群众的爱戴，在任何乡镇工作，口碑都比较好，这样的人，对同学、亲戚更是没得说的。

电话通了，听筒里传来乱哄哄的吵架声。江天问："老同学，有事吗？"萧文说："有事，我在皋城市买了一套房子，首付款不够，想问你借两万块钱……"对方电话早已挂断，萧文再一次把电话打过去，把话重复了一遍，江天语气涩涩的，像是不高兴的样子，说："老同学，我没有钱，抱歉！"随后，又挂了电话。

萧文脸上顿时火辣辣的。为自己的难堪，也为江天的绝情。后来他才知道，那天他拨打电话时，有几个建筑老板正在找江天所在的镇政府要钱，没有钱，便跟党委书记江天吵起来，江天正在气头上。

气头上，也不能拿我出气啊，萧文一直这样想。但是，好同学就是好同学，真亲不恼百日，时间不长，两个人又在酒桌上热乎起来。

但不管怎样讲，江天的态度动摇了萧文原来的打算，萧文再也不向任何同学开口了，“人穷志短马瘦毛长”那是对其他人而言，他萧文永远是萧文，是一根铮铮的硬骨，即使落在地上，也将发出钢一样的声音。

那天晚上，萧文在家里独自一个人喝下半瓶酒，他突然灵光一现，想到了自己住的房子，这套别墅一般的平房，200 多平方米的占地，有水井，有花坛，有养鱼池，四季常青，少说也得卖四万五千块吧，大头落地，剩下的钱再找亲戚借，一千两千地凑，积少成多。

萧文找到了街道书记和街道居委会主任，这两位老哥，跟他关系都不错，搞集镇建设这些年，多亏了他们。萧文把意思表达清楚，两个人都说，放心吧，马上就去找下家。果然，不到两个小时，来了几个买房子的。开价低：三万五。萧文报价四万五，临时走了两个，还剩下一个姓张的老头，说最多给到三万八，干就干，不干拉倒，抬腿也想走路，被街道书记几句话钉在原地：“人家当初盖房子成本就是四万五，不讲增值了，难道还降价不成？过了这个村，就没有这个店了，你不买，一会儿还会有人来，人家照样买。”

老张思考了一会儿，下了很大决心似的说：“四万，多一分钱我都不买。”

萧文等不及了，揉揉心口，说：“行！”当时就签订协议，四万元立即支付，萧文一个月后腾房，双方不得违约，谁违约谁就承担违约金两万元。

四万元到手，萧文心里如刀割一般。

萧文的房子是自己购买的宅基地，自己找人建筑的。那年夏天，天正热，巨大的火球在天上滚来滚去。7 名建筑工一大早来到施工现场，直到天黑时才离开，中午一顿饭由戴青负责，她锅上锅下地忙，一顿饭下来，浑身也似水泼的一样。临时搭建的棚子内放上一个小方桌，桌上有绿豆汤、香烟，施工人员看到东道主如此好客、厚道，活干得精细，工程进度也快，就在房屋主体工程快要结束的时候，农村要插秧了，施工暂时停下。停工那几天，萧文每天夜里躺在棚子里看护建筑材料，眼睛熬成了兔子眼，身上被蚊子扎下一个又一个红包。不怕贼偷，就怕贼惦记，三百五十元新买的抽水泵最后还是被人偷走了。修筑水泥路那天，施工人手不够，萧文和戴青替代上去，一天下来，两只手都起了血泡，水泥浆乘虚而入，争先恐后钻进血泡内，那种疼啊，真的钻心！萧文说："戴青，我真没用，为了省下一点包工费，把你搭上，把我自己也搭上，这哪像一个镇政府干部的家庭啊！"说着眼睛就红了。戴青笑着说："自己亲手参与建设的家园，意义不一样，等我们将来有孙子了，我会把这段建房的故事说给他听，让他明白这别墅一样的建筑是怎么来的。"

7 年前的话还在耳边回荡，而这个融进了汗水、心血和期待的房子，已经易主了。看来人生没有什么是永恒的，没有什么事情是不可能发生的。

四

早上八点半左右，萧文先后接到两个电话。

第一个电话是老张打来的，他似乎受到了很大的委屈，吞吞吐吐，说："房子不买了，儿子和儿媳不同意买，嫌贵了。"萧文说："我房子是卖给你的，与你儿子和儿媳有什么关系？"老张说："道理上是这样说没错，可我那儿媳太厉害，闹起来全家没有日子过。"萧文说："我们签了合同的，就按合同办。你作为一家之主，在购买房子之前，有没有跟家里人协商，是你的家务事，与我没有关系。我只认你，不认别人。"老张说："是我的错，你看能不能再把价格让一让，比如三万八，退给我们两千块钱。"萧文听出了弦外之音，就说："我现在明白了，你可以不买，四万块我退你两万块，剩下两万块是你的违约金，归我了。"老张不再接话。

放下手机，萧文正准备到姨老表家借钱，手机铃声响了，电话那头是儿子的声音。儿子说："今天早上跑步，腿一软，摔在地上，门牙叩在水泥地上，把两颗门牙弄断了，流了很多血，班主任正带我在校卫生室消毒呢。"儿子的声音拖着哭腔。萧文问："校医怎么说？"儿子说："校医建议今天就到牙科医院把牙植上……"

萧文的头一下子就大了，早晨的太阳光在他眼里成了白色，他赶忙向党委书记请假，书记说："去吧，孩子要紧！"

老张那张阴晴不定的脸，儿子的痛苦表情，表妹婿略显急躁的语气，把萧文的大脑塞得满满的。客车上，他闭上眼睛，努力想忘记这些，但脑内的图像和声音反而更加强烈，他有点招架不住了！

快到皋城一中了。这所全市最好的高中，一本升学率每年都在80%以上，儿子进了这里，就等于进了大学。想到这，他心里涌起一丝甜蜜。

手机彩铃响起，是陌生号码。不知怎的，今天他特别害怕手机彩铃，以往这首《我们的生活充满阳光》是那么令人兴奋，听到这首曲子，他往往不是在饭局，就是在牌局，不然就是在下村，但今天，所有的彩铃都让人心悸。他干脆不接。

手机再一次不由分说地响起，还是刚才的号码。萧文摁下接听键，很不高兴地说："谁呀？"对方说："是我，你舅舅！乖乖，连我的声音都听不出来了，真是！"萧文赶忙说："舅舅有事吗？"舅舅说："当然有事。上午我遇见你姨老表大海子，他说你买房子缺钱，急得像热锅上的蚂蚁一样，你怎么不跟我说呢？我来给你借。"舅舅又说："借多少，下午就给你送到家。"萧文哽咽了，半天才说："有两万元够了。"

萧文一路上本已做好打算了：把儿子的牙弄好，就告诉汪公，房子不买了，还剩半天时间，太紧张，造钱也来不及。爱面子的萧文，几天前就把要在皋城买房子的事告诉了不少人，那种自豪的口气，让他腰杆顿时直起来，如今，又说不买了，多么难为情！但舅舅刚才的电话，让他瞬间产生了巨大的力量，走下车，脚步轻快起来。

五

按照购房合同约定，开发商将在一个月后交房，正好，萧文腾房也在一个月以后。

俗话说，有期就快，一个月很快就到了。正是秋天，田野上，稻谷弯着腰，芝麻咧嘴笑，棉花吐白絮，收获的季节，人的心情都是好的。

老张三天两头来看房子，脸上笑嘻嘻的，其实明白人都知道，他是巴不得马上就腾房的。

萧文也到皋城去了几趟，每一次去心思都吊在半空，开发商约定的交房日，看来是兑现不了的。直到第29天，房屋虽然竣工验收了，但是配套设施没有做，道路没有修通，绿化带没有做好，整个楼房被坑坑洼洼的水塘包围着。

好在电接通了，水也通了。

整个建筑没有全部通过验收，开发商就不交钥匙。不交钥匙，萧文就无法腾房，就要违约。

明明是开发商违约，却不给购房者一点方便。萧文气不过，坚决要找开发商要钥匙。

汪公说："这里不是你的镇政府，你不能由着性子来，否则你会吃亏的。胳膊拧不过大腿，表姐夫。"

汪公不吃烟，却买了一包软中华，带着萧文，一前一后走进开发商的总经理办公室。

汪公说："这是我表姐夫，是青莲镇政府镇长，他在小区买了房子，孩子在这儿读书，表姐陪同，没地方去，您看能不能照顾一下，把房屋钥匙给他。"

胖胖的总经理，整个头埋在老板椅子内，也许是兴致不错，也许是汪公虚构的镇长职务让他多了几分优越感：镇长都得求他，他还不高兴吗？于是，总经理笑嘻嘻的，从粗粗的脖子内挤出两句话："可以的，你去基建科拿钥匙，就说我同意的。"

萧文千恩万谢地走出门。

几把黄色和白色的钥匙到手了。

第二天夜里十二点，萧文搬离了青莲镇，一小时四十分钟以后，一辆大货车停在了春江公寓，C区6号楼304就是萧文和戴青的新家，这也是让市区居民高看一眼的地方。

萧文家是第一个住进C区的。整个小区，除了两个身穿黑色制服、手拿皮棍的保安外，没有其他外人。保安年龄不大，都在四十岁上下，跟萧文年龄相仿，其中那个带朝阳口音的矮个子保安，走起路来“咚咚”响，离多远都知道他来了。

保安成天耷拉着脸，遇见萧文家里人，面无表情，这让萧文很不习惯，但想想城里人，人情味是要比乡镇淡漠一些，要是在青莲镇，不管谁家隔壁来了新邻居，人们都会主动打招呼，不用几天时间，彼此就熟悉了。

萧文房屋的西侧，是一口大塘，据说有百余年历史了。这口塘从来没有干涸过，所以，汇集了大大小小的鱼，每天早晨到傍晚，塘边三三两两的垂钓者悠闲地坐在马扎上，不时甩出鲜活乱蹦的鱼来，这里的鱼永远钓不完，以至于塘面结薄冰的时候，还会有一斤多重的鱼被甩上岸。

萧文住进来的第二天，就想装修。找来汪公，汪公拿着计算器，三下五除二，就把简修的报价算出来了，所有装修费用是 4 万元。萧文吸了一口凉气，大声说：“这么贵！”汪公说：“我同事上个月在 B 区装修，花掉十几万呢。”萧文说：“咱不是没钱吗，谁头上有毛，讲自己是秃子呢？哈哈。”汪公说：“你要是只包工就便宜，省掉将近一半钱，关键你们到这里人生地不熟的，自己买材料，自己联系沙子水泥，特别麻烦。”戴青接话，说：“麻烦就麻烦吧，只要能省钱，怎么都行。”

只是，2 万块钱，还是要借，向谁借呢？

萧文找到了姨老表。姨老表只有五千块钱，多的没有，这五千块钱还是他儿子打工结余的，原来准备存 3 年定期的，听说萧文急等钱用，就放在那儿了。

汪公说：“瓦工，木工，水电工，油漆工，都是我的熟人，工钱可以暂时不要，放到腊月二十几，这五千块钱仅仅够买建材，能够抵挡一阵子。”

开始两天，小四轮运来了沙子，又运来了水泥，四轮车只能开到大路边，把货一卸下，把材料费和运输费拿到手，开车就走。往小区来，全是坑坑洼洼的水塘，车子进不来。

于是还要找人进行二次运输，直至送到三楼。小区楼道内贴满了挑沙运沙的电话号码，随便拨哪个电话，半小时内就有人来。就这样，萧文的材料费就比别的地方多出一倍的费用。

萧文回青莲镇上班去了，戴青带着老人常驻“沙家浜”，这个坚强的女人，为了省钱，居然把大路上卸下的瓷砖、墙砖、木料，一个人往楼上运，成天弄得满头满脸的灰。萧文回到小区，看到戴青手上的伤痕，才知道这些事。

萧文说：“明天是星期六，所有的材料都买回来，我陪你一起搬运，实在是我俩运不动了，就找人。”

夫妻俩在集镇上生活了几十年，到了城市里，做生意的人一眼就能看出来。这些精明的商人，在建材上没有正价，价格随口就来，懂行的或者本市区的买家会砍价，不懂行的或者乡下来的买家，要么被糊弄，要么就怯生生地不敢还价，结果，同样的产品，价格差距一倍甚至一点五倍。汪公发现戴青购买的所有建材价格都高得离奇，也就陪同萧文夫妇去建材大市场，整整转了将近一天，货比三家，才最终把货物敲定。

正式开工那一天，萧文跟单位请了假。先是水电工介入，几个扛电钻的中年人陆续进屋，确定了线路走向以后，开始工作。随着刺耳的电钻声响起，门外敲门声捶得山响，萧文打开门，两个保安带着怒色一头闯进来，厉声道：“谁让你们开工的？”

几个水电工停下手中的活，面面相觑，用眼看着萧文，萧文说：“我是房主，是我叫他们干活的，怎么了？”

“怎么了？按照规定，所有设施没有完全验收合格，不交房屋钥匙给业主，能让你们进来住，算是照顾了，怎么能擅自开工呢？”那个操朝阳口音的矮个子说。

“谁规定的，业主装修房屋要经过批准？”萧文问。

“开发商规定的。”矮子说。

萧文问：“你俩是开发商聘请的保安吗？”

“不是，怎么啦？”矮个子声音高了八度。

其实，在萧文看来，保安也是打工者，多半是来自农村的农民，挣几个辛苦钱，不容易，不能跟他一般见识。但是，这个矮子保安，有点儿咄咄逼人。于是萧文说：“不要穿上白大褂就把自己当医生了！要摆正自己的位置！”

矮子一下子蹦到萧文面前，揪住萧文的衣领，说："你敢骂我？看我怎么收拾你！"

萧文大声喊："松手！"

对方动都不动。

"松手！"萧文脸色突然变了。

对方仍然不松手。

萧文猛地身子往下一沉，扎好马步，一记掏心拳，矮子倒在地上，头碰在电钻上，顿时鲜血流了一脸。

另外一个保安一边往外跑，一边喊："打人啦！打人啦！"

这一切都在一瞬间，戴青吓呆了。她急忙掏出手机，给汪公打电话。

矮子也不起来，在地上滚来滚去，滚得满身满脸的灰，地上洒下点点滴滴的血。

来了三名警察，脚上踩上了稀泥，进门就问："怎么回事？"

"这家人，没经过批准，擅自装修，我们两个保安来制止，被他打了！"矮子一脸的委屈，用手指着萧文。

萧文说："他揪我领子，我警告他松手，他不，我就给了他一拳，他倒在电钻上，碰出了血。"

"统统到派出所去！"为首的警察说。

这时，汪公到了。他跟警察很熟，笑着打了招呼，又对矮子说："你俩还是朝阳县老乡呢，抬头不见低头见，鸡毛蒜皮的事，用得着这样吗？"

矮子立时换了嘴脸，说："听汪工程师的，这事我们自己解决，不劳驾派出所了。"

为首的警察说："这可是你讲的，到时候别说我们不作为。"

"不会，不会。"

汪公叫上一辆车，把矮子送往医院。

六

矮子在医院躺了 3 天了，还不愿意出院，他说头还晕，等什么时候头不晕了，再出院。

汪公垫付的一千元钱，很快就用完了，第三天的上午，又补交了一千元。

汪公让萧文到医院去，跟矮子认个错，萧文死活不干，说："我有什么错？你们开发公司违约，不能按期交房屋钥匙，道路至今不通，有错的是你们。"

汪公说："表姐夫，不能由着性子来，皋城毕竟不是你们青莲镇啊。"

"皋城也不是法外之地！我是学法律的，手里有司法资格证，我要是连自己的合法权益都无法维护，法律算我白学了！怎么？我们乡镇来的人，好欺负是吗？"萧文越说越激动。

汪公张了张口，却又把话咽下去了。这时，他的手机响了，里面是威严的腔调："到我办公室来一趟。"

汪公来到公司总经理办公室，总经理此刻的脸黑黑的，说："你那个镇长亲戚太不像话，他把皋城当成什么了？当成他管辖的乡镇？想打人就打人，想骂人就骂人？没有素质！这下倒好，全公司的人都知道，我提前把房屋钥匙交给购房户了，如果再有人向我要钥匙，我怎么办？"

汪公几分钟之前才被萧文灌了一肚子气，现在又被总经理训斥，向来唯唯诺诺的他，这时满肚子的委屈需要倾泻。他说："总经理，这件事不能怪装修户。公司合同约定的交房时间无法交房，这本来就是公司的不对，按期交钥匙是应当的，怎么反过来要让购房户感恩戴德呢？"

总经理像不认识汪公似的，用目光把汪公上下打量了一番。

汪公继续说："保安错把购房户装修前，要向物业公司备案，理解为要经过物业公司批准。他们自己理解错了，不讲道理地阻挠人家装修，放在老总您的身上，您也不会忍气吞声。"

总经理摸摸鼻子，脸上浮起一丝尴尬。他站起来，说："你说得对！我现在就给物业公司打电话，让那个保安尽快出院，一点小外伤，当成大病了，真是！"

萧文照常上他的班。

戴青成天像丢了魂一样，心疼钱，也心疼丈夫，她知道这个嘴硬心软的男人，此刻心里面一定也百味杂陈。

房屋装修，出师不利，这是萧文万万没有想到的。多年前，自己购买宅基地，自己找几个人建房，也没有这么累，这么烦。想寻找一个栖身之所，筑建一个人生的老巢，为什么如此地不容易呢？

这天上午，镇政府开会刚结束，镇党委书记让萧文到他办公室去。

书记简单问了一下当前的工作，话题一转，说："你在皋城买的房子，都是借的钱吧？"萧文说："对。"书记说："知道你是一个爱面子的人，指望你主动向组织上借钱，你是不会做的。昨天老汤不知道从哪里知道了你买房子的事情，把大致情况给我讲了，他说你目前处境很艰难，建议我跟班子成员通一下气，然后大家凑凑借给你两万块钱，先救救急……"

下面的话，萧文一句也没有听进去，他的心热乎乎的，眼泪打转，他背过脸去，努力不让自己的眼泪爬出来。

七

那天晚上，萧文做了两个梦。半夜时，他梦见了小时候，他带着一帮小伙伴，手里拿着长长的竹竿，把大树上的老鸹窝、鹌鹑窝一个个捣掉，惊起漫天的鸟儿，叽叽喳喳叫着……后来又梦见，一只只燕子，嘴上衔着泥巴，衔着草棒，在屋檐下的大梁上筑巢，一趟又一趟，来回奔忙着，累了，就趴在水塘里喝口水，喘喘气；饿了，就在蓖麻的叶子上找几个青虫吃，疲倦和惬意全写在燕子的眼里。

醒来时，天已大亮，萧文眼角湿湿的。他很疑惑，今天，搬家的日子，喜庆的日子，为什么会做这两个稀奇古怪的梦？按照家乡风俗，搬家时没有举办仪式的，新房装修之日，即为搬新家。

他很快就想明白了。他决定回到青莲镇，第一件事，去找当初上访的那四户人家，向人家道歉；第二件事，拜见一下汤副书记，跟他敞开心扉聊一聊；第三件事，向党委书记递交辞职申请，他要做一名合格的执业律师，最好是房地产和拆迁律师。

这是一个难得的好天气，天高云淡，没有风，暖洋洋的阳光照在身上，感觉不到一点冬天的气息。此刻，萧文背着一大包的申报材料，正走在通往皋城市司法局的路上。

唯一输钱的人

7 月天，晒死蛤蟆天，一般家庭是不会选在这个时节办喜事的。大栓爹不知怎么想的，就定在七月十六给儿子办喜事，在大院子内搭上凉棚，摆上桌椅板凳，支起三口大锅，再把照明线引到院子内，整个框架就形成了。被大栓爹委托为总管事的赵大虎，背着手在院子内走来走去，指挥着那些打杂的人，把酒席现场安排得井然有序。

酒席中，有一桌酒席与众不同，它不在院子内，而在房间内，类似于贵宾座。贵宾座里，有女方贵宾、媒人、男方这边选出的德高望重的人，共十名，俗称十大员。赵大虎也在其中，一来他是总管事，操心劳累，很辛苦，二来需要有斟酒的人，赵大虎担任这个角色。

贵宾座比较文雅，女方来的人不动筷子，男方的陪客也就不好意思动筷子。赵大虎先给女方的上客斟酒，人家说不会喝，劝了半天，酒倒不下去，只得作罢；女方的媒人也不喝酒，劝也没用，任你赵大虎站在那儿，人家只是笑眯眯地用手罩住酒杯；男方媒人说，既然他们不喝酒，我也不喝了，胃疼，哈哈。最终，只有两个人喝酒：赵大虎和邱老师。

这时，大栓爹前来巡宴，见满桌人只有两个人端杯子，觉得不吉利，也很没有面子，脸就转向女方客人那边，说："亲家，喜酒不醉人，喜酒桌上哪有空杯的呢？我到你家去，你们哪个不是半斤酒下肚？哈哈。给我一个面子，我先干为敬，连喝三杯，你们也端起酒杯，可好？"

说话间已经喝了三杯酒，然后亲自给所有的空杯倒上酒。

赵大虎满心不是滋味，但说不出口。除了负责一遍遍斟酒，还要站起来向所有人敬酒，不知不觉，头就昏沉沉了，好在大家都开始要求吃饭了，他这才松了一口气。

农家办事，晚餐结束以后，一场麻将是免不了的，这场麻将的意义不亚于正规的酒席，许多爱打麻将的贵宾，要是缺了麻将，一夜是睡不着的，第二天也就没有了精气神。

女方来的两位贵宾，酒桌上文质彬彬，矜持，客气，等半斤酒进了肚子，精神头也就足了起来，嚷嚷着要打麻将，大栓爹满口应承下来，可是，邀请了几个男方亲戚，他们都找借口婉拒了，原因是女方有两个人在麻将桌子上，万一联起手来，带一点小动作，另外两个人必输无疑，明知道对自己不利，何必呢。

赵大虎见不得冷场，他就说："算我一个！陪亲家玩玩。"

还差一个人。栓子爹找到了邱老师，这个时候，邱老师正一个人坐在凉棚下，打着瞌睡。这位年轻老师，整个酒桌上几乎没有说几句话，但是喝的白酒最多。

邱老师说："实在没有人的话，我算一个，只是，我口袋里没装多少钱，咱们打着玩，别玩大了。"

女方两位贵宾大声说："打小些，打小些。"

栓子爹朗声笑道："开饭店还怕大肚汉吗，哈哈，邱老师你大胆干，没钱，我有！"

月明星稀，蛙声如鼓，带有野草香味的风，从空气中飘过来。四个人坐在凉棚下面，头顶上悬挂着100瓦的大灯泡。

牌接到手，女方那位媒人慢悠悠地说话了："老规矩，第一圈子打到底，才付第一笔钱。"

另外三个人点头："当然，当然。"

女方另外一位贵宾说："一块嘴，五块底，六嘴牌，坐庄跟着上。"

邱老师和赵大虎都说："太大了，还是玩小一点吧。"

这时，栓子爹在四个人面前，各放了几张五十元面值的钞票，说："大胆干，钱不够，言语一声！"

赵大虎张了张嘴，又把话咽到肚子里去了。他也喜欢打牌，但都是以玩为主，过过牌瘾，从来就没有打过这么大赌注的牌。

开始几局，牌局比较平稳，没有想象中的大起大落，一圈牌快要到了，只剩下赵大炮没有轮庄，这就意味着，等赵大炮轮庄之后，四个人就要开始结算。

谁能想到呢，一圈的最后一把，赵大炮居然坐庄了，连续和了五把。

女方媒人有些惊慌，继而有一丝恼怒之意，脸色黑一阵子，红一阵子，额头上大汗淋漓。

围观的人这时也屏住气，不敢说话，包括栓子爹。

就在赵大虎坐庄第十把的时候，赵大虎打出一张三条，坐在上家的邱老师高喊："对上。"激动得手发抖，他已经停牌，静等和牌，胜券在握。

这时，意想不到的事情出现了：女方媒人把手中的牌一推，说了句："不规矩，我不玩了！"起身就走。

言下之意，邱老师跟赵大虎是串通一气的。这不仅是钱的问题，更是人品的问题，传出去，丢人就丢大了！

赵大虎说："谁不规矩，谁死全家！"

邱老师慢条斯理地冒出一句："我跟这位赵大哥，以前都不认识……"

女方另外一个人也准备起身走路。

只有邱老师坐在板凳上纹丝不动，似笑非笑。

赵大虎顺手从灶房操起一根木棍，拦在门面："我看谁能迈出大门一步！把钱给我才走！"

栓子爹走上前，说："大虎，他们三个人输的钱，我来给。"又对女方两位贵宾说："亲家坐下，有话好好说。"

不算便罢，一算，赵大虎坐庄 9 把，三个人总共应该支付 336 元庄钱，邱老师暗自思忖着："乖乖，我半年的工资也才 312 元呢，难怪赵大虎如此冲动。"

栓子爹一下子拿不出这些钱，就说："先给你 200 元，剩下的钱，明天从份子钱中给你。"

赵大虎愣了一会儿，把钱装进口袋，抱拳说："刚才对不起三位，更对不起栓子爹！这样，三位如果不介意，我们坐下来继续玩，想玩到什么时候都行。刚才玩得时间太短，属于‘露水赌’，胜之不武，如果算我赢，我赢得也不光彩！”

围观的人也喊：“对呀，继续玩！出水才见两脚泥呢！”

三个人面面相觑，又坐在一起。

后续的牌可以用6个字概括：斯文，谨慎，客气。先头打牌时的那一段插曲，让大家长了记性，酒劲下去以后，都觉得自己有点过分。于是，谁也不说话，只管洗牌，接牌，出牌。当东方一轮红日照在桌子上的时候，四个人离开桌子，早宴已经开席了。

坐在雅座的还是昨晚那十个人，只是座次变了，女方媒人把赵大虎按在首席座上，自己跑到斟酒座上，赵大虎死活不愿意，推推搡搡了好一阵子。

读者肯定不会知道：赵大虎下半夜几乎没有开牌，从自己口袋掏出的几十块钱，最终都没有回头。他又把栓子爹的200元钱退回了账房，他觉得，这钱不能要，要了显得太薄情！能在这个场合遇见，非亲即朋，钱又算什么呢？他这人，爱较真，搬死理，给杀不给辱，但他的为人，人们还是欣赏的。他成了那天夜里唯一输钱的人，也是唯一赢钱的人。

梨园队记事

我的住家在梨园队。二十世纪的梨园队可是全公社最富裕的生产队，凭借靠近三岔河的自然优势，水摇车一架，河水跑到田头渠，种什么收什么。

除了水资源丰富，梨园队的土壤也特殊，沙土地，夜来潮，适合西瓜和果木生长，于是生产队长刘永生就让社员栽梨树，种西瓜和青萝卜，还别说，每年收入真不少，去掉公积金和年终社员劳动报酬分配，生产队年年都有结余。

三岔河的上坡是一条5米宽的县级公路，叫幸福路，拖拉机、大板车、独轮车，在上边跑得欢。虽说梨园队枕着三岔河睡觉，但是，因为有汹涌的河水横在中间，人们也只能望着河水叹息。赶街上集、学生上学、到公社卫生院，只能舍近求远，绕田间小路而行，这一绕就多了5里路。

其实，按照当初梨园队的经济实力是完全可以自力更生修建一座简易桥的，但是大胡子队长刘永生不同意，理由是修了桥就不能防范外来的小偷小摸，麻烦事会比黑土地长出的西瓜还多。

生产队指导员丁大来和会计戴家山被刘永生这番话气得半死，但没有法子，只有翻白眼的份儿，队长是一把手，一锤定音。更主要的是，刘永生还受过皮肉伤，伤在他身上，别人不清楚疼还是不疼。

梨园队东、南、北三面被邻队包围，西面虽说隔着一条河，但水面仅仅一丈多宽，对于会凫水的少年和成人来说，那简直不算回事，俗话说“不怕贼来，就怕贼惦记”，梨园队夏有西瓜秋有梨，初冬还有八寸长的青萝卜，在那个一天只吃两顿饭的年代，谁不惦记呢？不错，本地是有句口头禅“青瓜梨枣，抓起就咬”，那是指当面求，而不是背地偷。偶尔乞求几个梨子几个萝卜，乡里乡亲的，一般不会驳面子，但除非经常这样做。

奇怪的是，乞求瓜果的一个人都没有，包括小孩子们。然而，一到吃午饭时间和深更半夜，四方的人们就开始蠢蠢欲动，拿着小布兜，匍匐前进，得手就跑，任凭梨园队看护的人拼命追赶，他就是不回头。

也有跑不掉被现场抓住的，但是，麻烦自然就有了。刘永生一次抓住偷西瓜的彪子，正想朝他屁股打一巴掌，象征性地吓唬吓唬，不料彪子一转身，拉起弹弓就射，不偏不倚射中刘永生的鼻梁，当场就鲜血淋漓，他顾不得擦血，一口气撵到彪子家，彪子昂着头一脸的不在乎，彪子爹妈却吓得瑟瑟发抖，拿毛巾，倒水，讲好话，刘永生把脸上血洗了，对着那面破镜子照了照，说了声：“没大碍。”黑着脸走了。

发现鼻子有大碍是在几个月以后，临近腊月，刘永生突然鼻子透不过气来，而且鼻梁明显走形，一查，医生说这是损伤性鼻窦炎，很难治愈。梨园队的社员都气不过，要去找彪子爹说事，刘永生不同意，说：“16 岁孩子除了知道肚子饿要吃饭，还懂个啥？算啦，老脸老鼻子的，挺得过！”

三岔河满河床的水，一年四季不断流。在河边长大的孩子，长到饭桌子那么高，就开始在沟塘堰坝练习游泳，他们才不管大人们在不在呢，因为身边小伙伴们都在。浅水层内训练成功了，才跑到三岔河练习，标志着进入游泳的高级阶段。

那个秋天，会计戴家山的侄儿大宝，中午娘不在家，爹费了老大的劲煮了半锅生不生熟不熟的米饭，吃好饭，天就不早，许多孩子都快到学校了，大宝他们这个班，下午要到农村去支农，摘棉花，大宝是劳动委员，怎么能迟到呢？就脱下衣裤，直接渡三岔河，快游到对岸的时候突然一个风浪打来，他呛水了，慌乱中右手举着的衣裤也掉进水里，他拼命追赶着衣裤，又一个浪花打来，他挣扎了一阵子，沉水了，再也没上来……

大宝的游泳技术还在初级阶段，哪能下三岔河呢。大宝的亲人们在河边哭成一团，全队的社员也陪着抹泪。大宝娘是安徽利辛人，逃荒到梨园队被好心的大宝爹收留，同居好多年，才生下大宝这根独苗。

刘永生躲在人群后面，头扭向一边，眼珠红红的。那一阵子，他除了吹上工哨子，吆喝一声："做活了。"一句多余的话都没有。

三岔河，第一次让人们感觉到了恐惧，当然，还有一丝憎恨。

三岔河的事情远远还没有完。

1978年，又是一个秋天，指导员丁大来的妻子突然肚子痛，脸色苍白，疼得满地打滚。丁大来找来担架，几个人一路小跑来到三岔河，丁大来也不脱衣，直接下河测量水的深度，走到河床中央水就平了他的嘴唇，他明白，这种深度是无法抬着病人过河的，吼了声"老天爷呀"，上了岸，绕道而行。

河柳不动，流水无声，正如此刻奄奄一息的病人。

到了公社卫生院，医生手握听诊器，摸摸脉搏，掰掰眼皮，叹了一口气，说："早到半小时都有救！可惜，晚了！"

丁大来的上衣汗透了，贴在脊背上，听到医生这句话，一头扑在妻子的担架上哇哇哭起来，连声说："你走了，挨肩的4个孩子我可怎么办啊？"

肃杀之秋，悲风凄凄，梨园队的社员心里笼罩着化不开的阴霾。

处理好妻子的后事，丁大来和戴家山找到刘永生，要求开社员大会。

刘永生脸色灰灰的，似腊月天蔫蔫的茄子一般，听到这个建议，不假思索地说："好！"

社员大会在一盏忽明忽暗的马灯下进行。会议议程：三岔河建桥问题。

刘永生第一个站起来，说："我举双手赞成。"

丁大来和戴家山跟后举起了手，说："早就该建桥了！"

社员们还说啥呢？齐刷刷地举起了手。

就在刘永生等人准备到八公山购买石头和水泥的时候，大队书记来到梨园队，带来了上级的政策：马上土地就要承包到组承包到户，这期间不准生产队突击花钱，50元以上支出，必须要经过大队干部集体研究决定。

人们一下子傻了眼。

这一耽搁就是几十年！这些年来，红了樱桃绿了芭蕉，梨园队一茬茬的村民走出去，在各大城市摸爬滚打，一个个都混得腰包鼓鼓的，每年春节开着小轿车回老家，气派得很呢。

气派是气派，但轿车进不了村庄，只有停在幸福路的边上，幸亏幸福路修成了水泥路，路面也加宽到8米，要不然停车还真是个问题。各种品牌的轿车一辆接一辆，有序停放，车子在路面过夜，谁也不担心被盗的问题。

三岔河像一位白发苍苍的老人横在那儿，却没有了以前的汹涌和霸道。

刘永生，丁大来，戴家山，三天两头聚在一块敲小麻将，一不高兴就叹气：“这些小东西们，洋不洋，广不广的，就知道在外边挣钱，把老家都忘记了，三岔河的桥看来是建不起来了！”

说这话时，外边走进来一位穿西服的中年人，他先是哈哈大笑，然后说：“放心吧，老头子，三岔河建桥的事交给我吧！我出钱，梨园队出工，可行？”

刘永生摸摸后脑勺，说：“天上掉银子了！你是哪位呀？你为啥建桥？”

来人说：“我是后郢队的，就是那年偷西瓜还用弹弓打您的彪子。”

四位老人一起站起来：“哦，知道彪子混好了，成大老板了，可你建桥图啥呀？”

彪子说：“以后咱们都是亲戚啦，我儿子前几天，跟丁大来叔的二孙女订婚了。明年我就把他们带回来，在梨园队的土地上栽果树，种西瓜，种萝卜，然后产品深加工……”

四位老人哈哈大笑，笑着笑着眼泪就跑出来了。

刘永生摸了摸变形的鼻子，心里说，当初我要是较真，彪子不一定会有今天呢。这歪鼻子折磨我四十多年，到今天值了！

韩腊梅的梦

韩腊梅又一次梦见自己背着长枪，行走在大部队队伍中，她的前后左右是一张张和蔼可亲的笑脸。

这个梦，她做了大半辈子，今天中午又做了一次。躺在病榻上的韩腊梅眼睛像被万能胶粘上了，想睁开眼睛，却怎么也睁不开，她喊了几声："大部队都走远了，爹，不要拉俺，俺要去！"头轻轻地晃了一下，永远地闭上了眼睛。

油尽灯枯，她去了人们最后都要去的地方，屋内此刻传出撕心裂肺的哭声。

韩腊梅是在三个月前，突然病倒的。腊月二十三一早还好好的，满院子寻找那只红毛公鸡，准备宰了它，晚上过小年。谁知中午吃饭前突然头晕，大儿子把她送到县医院，一检查，不好！脑梗死引起脑部大面积出血，老人进入昏迷状态。

在外地的大人孩子们都赶回来了，日夜守护在身边，家中这位"老革命"是后代们的精神领袖，是家族的骄傲，多活一年，人们就多了一分踏实。

这一昏迷，就是三个月。三个月几乎汤水不进，全靠吊营养液维持着；三个月一句话也说不出来。她这一生，话本来就不多，为何在她生命的最后时刻，还不让她敞开心扉说说话呢？

韩腊梅，在整个韩台街道乃至高桥镇的 45 岁以上年纪的人，几乎没有不知道她的。她光着脚板，跑出土匪的包围圈，去给县政府报信的故事，曾经在那个时代传播很远，十几岁的她成了那个时代的英雄，到处给人们作报告，讲那个惊险的故事。

那是 1950 年一个稻谷飘香的季节，一天深夜，劳累了一天的人们都进入了梦乡，住在高桥乡政府隔壁的韩腊梅，被噼里啪啦的枪声惊醒，她揉揉眼睛，跑出门外，但见乡政府周围一些黑影弓着腰来回跑动，手中的长枪不时喷出点点火花，乡政府里面的人也在稀稀拉拉地反击着，很显然两边力量差距较大。16 岁的韩腊梅突然意识到了什么，她甩掉鞋子，光着脚，立即消失在茫茫的夜色中。

狡猾的土匪在乡政府北侧一里处的公路上安排了几个人，专门拦截外出的人，以防攻打乡政府的消息泄露出去。韩腊梅跑到这儿，有几个黑影一下子从路两边窜出来，几把枪一起对着她，厉声道：滚回去，小姑娘，今晚不准外出！

韩腊梅愣了一下，一屁股坐在地上，两脚在地上乱蹬，哇哇哭起来，哭得特别伤心："俺爹喝醉酒了，深更半夜把娘打得满头是血，娘快不行了，俺要去找舅舅……"高个子土匪问："你舅舅叫什么名字？"韩腊梅说："叫王老四。"土匪们笑了，说："原来是王老四的外甥女呀，好，那就去吧，走路小心点！"

王老四并不是韩腊梅的舅舅，王老四会算命打卦，走百家门头，人们对他很尊敬，四乡八邻，还没有谁不知道他的名字。

韩腊梅领着县政府驻军人员跑到高桥乡政府，是两个小时以后的事了，这时，亢奋的土匪们久攻不进，正把沾上煤油的火把一束一束往大院子里扔，哇哇乱叫，这时，身后突然响起的密集枪声，猝不及防，半小时后几十具尸体倒在地上，当然，院子内也有头戴五角星的战士躺在地上。

对于当时韩腊梅光脚走路的做法，许多人感到不可思议：一个女孩子家，皮肤又嫩，平时又不怎么赤脚，脚板着地几十里，需要多大的狠劲啊！韩腊梅笑嘻嘻地回答："大雨刚停，满地稀泥，穿布鞋怎么走路呀？再说当时情况那么糟糕，我一心只想着早点搬救兵，谁顾得上脚板疼不疼的？"

一个月以后，村书记到韩腊梅家宣布上级决定，任命她为村干部，负责治安。她哭了，死活不干，她要当兵！

她爹走上前，刚想劝她，她捂着脸跑出了门，半夜时，才回家。

当兵的事，她爹已经让她错过了一次。错过了，就是一生的遗憾。

1949 年春天，一支解放军队伍南下，经过高桥乡，腰里别的，肩上扛的，地下带轱辘的武器都有。韩腊梅好奇地站在路上看，看了大半天，这时一名首长模样的人在她跟前止步，问："小姑娘，想当兵吗？想的话，跟我们走。"这本来是一句玩笑话，韩腊梅却当真了，头一甩就钻进人流中，惹得前后左右的男兵女兵哈哈大笑，她也跟着笑，就在这时，她爹喘着粗气撵上来，一把捉起她的胳膊，拽着就走，说："小丫头片子当啥兵？！"狠狠白了那个首长一眼，说："开什么玩笑呢！真是的！"韩腊梅一路哭得梨花带雨，身上抽搐着，满地打滚。

性格倔强的韩腊梅，跟爹赌了几年气，直到在公路上，再也看不到南来北往的解放军了，觉得当兵无望，这才勉勉强强答应担任村干部，成了一名没有军装却持有制式枪支的民兵营长。直到 1978 年基干民兵枪支统一上交县人武部，她才恋恋不舍地改任其他职务。最近这些年来，她时常说起当年解放大军要带她到部队的事儿，说爹的固执让她一辈子没有能够真刀真枪跟敌人过一招，太亏了；但她同时也说，细想想也不亏，我没当兵，咱孙女当了兵，还是一名大学生军官呢！说这话时，她哈哈大笑，笑里带有几分自豪，也有一丝苦涩的成分，人们看见，细细的泪珠顺着她沟壑般苍老的脸，往下滚。

人，这一辈子，没有理想的可能不多；有了理想，至死还念念不忘的，可能也不多。

我就是那个女军官，在空军部队为祖国边疆守卫蓝天，已经好几年了。我有一个愿望：只要组织上不安排我转业，我就一辈子都不会离开部队，我要把奶奶未能实现的军人梦，替她实现了。

在她闭上眼睛的那一刻，我没有号啕大哭，我噙着泪花，脱下军帽，对着她娇小却直挺的身躯敬了一个标准的军礼。

失　踪

一

江永来发觉江巧巧失踪，是在下午六点左右，那时他正在水果摊旁，毫无表情地盯着公路上一辆辆飞驰而过的车辆，来往的车轮卷起一米高的灰尘，傍晚的小集镇总是这样，积攒了一整天的生活垃圾和随手扔下的各类废物，等待清洁工来处理。

女儿江巧巧今年读九年级，还有一个月就要参加中考。中午放学没有回家，下午放学也没有回家，江永来觉得不正常。不错，学生在九年级时，课程是抓得紧一些，但居住街道的学生是不住校的，一天三顿饭都是回家吃，特殊情况下，比如阶段性考试，街道学生为了节省时间，可能会在学校食堂中午搭一顿伙，但下午放学是一定会回家的。

然而，江巧巧今天没有回家。

她中午放学就背着书包走出校门了，下午教室里没有她，班主任心里还在犯嘀咕：这个听话的孩子，毕业之前怎么突然变得不懂事了？不上学，也不请个假。他正准备掏手机打电话问问情况，见门外其他班主任急匆匆地往二楼跑，知道开会时间到了，一头扎进会议室，直到放学，他也没有打电话的机会。

临近中考，校园的气氛变得紧张起来，学生紧张，老师更紧张。风华中学，这所私立学校，连续3年在全县的升学率位居前三名，考入省级示范性高中的比例占应届生的45%，这个荣誉，确切地说这个位次，只能上前，不能退后！谁砸风华中学饭碗，校长就砸谁的饭碗。

江永来夫妇是在拨通所有亲戚的电话，确认江巧巧没有到他们家之后，才来到风华中学的。此时，西天边收回最后一缕霞光，正是吃晚饭的时候，三三两两的学生出入于校食堂，班主任见到江永来夫妇，迎上去，说："刚刚才散会，下午也没顾上给江巧巧打电话。你们来了更好，这孩子下午有事？"江永来说："孩子不见了！我问了她的好几个同学，都说中午放学还是一块回来的，好端端的一个人，怎么就没音没信了呢？"

班主任脸色突然变了，半天才缓过神来，说："怎么会这样呢？打过她手机没有？"

江永来妻子说："打过了，手机关机，打不通。"说着眼眶就湿了，带着哭腔。

三个人来到校长办公室，门锁着，班主任说："你们稍等，我去找校长。"一路小跑，消失在半明半暗的夜幕中。

校长和班主任一前一后赶来，顾不上寒暄，彼此点点头，开开门，就直奔主题。

校长说："先不要急，急也没有用，还把脑子弄乱了。我的意见是，三条路并行：一是，先到派出所报案；二是，在学生中寻找线索，这由学校负责；三是，你们在亲戚圈和街道上走访走访，看能否问出蛛丝马迹。这样行不行？"

校长以征询的目光看着江永来夫妇，正在发愣的江永来缓过神来，说："行啊，我们听校长的。"

校长又说："目前孩子只是暂时没找到，还不能定性为失踪，更不能定性为刑事案件，找不到的原因有好多种可能，希望你们先不要过于担心，不要把身体弄垮了，凡事先往好的方面设想，好吗？"

夫妇俩不住地点着头，但泪水还是不听话地滚落下来。

江永来夫妇回到家时，已经是夜里十点，两人坐在那儿，一句话也没有。

江永来抱着头，不时地叹气；女人两眼盯着屋顶，两只脚在地上不停地打着旋儿。

从学校出来，两人就到了派出所，一名瘦高个的值班民警接待了他们。一开始，这位民警还慢慢悠悠地，有点儿心不在焉的神态，一听说孩子不见了，中午就不见了，弹簧似的从椅子上跳起来，说："失踪这么长时间了，怎么到现在才报案啊。"

江永来说："下午放学后，才知道孩子不在学校呢，所以……"

瘦高个民警出去一趟，不一会儿，江所长进来了。江所长认识江永来夫妇，江永来也认识江所长，夫妻俩的水果摊子这些年一直规规矩矩，从来没有被人举报过，没有过诸如短斤缺两、以次充好的问题。有一次江所长走到水果摊子跟前，竖起了大拇指，朗声道："一家子，好样的！"这突然的举动，让江永来猝不及防，脸的两侧一下子浮上了一层红。

江所长让夫妇俩把事情从头到尾叙述一下。

瘦高个民警在认真地做着询问笔录，电脑键盘的敲打声，从派出所的值班室飞向夜空。

做过笔录，就让他们走了，说："有事会通知你们。"江永来走在路上，心里想，什么一家子？全扯！还不如学校校长呢。从头到尾，一点热乎劲都没有，一句宽心的话也没有。

两口子就这样一直坐着，老父亲推开门的时候，外边已经大亮，以往这个时候，女儿正坐在门前朗读英语呢。

二

平川县经济相对落后，但文化底蕴厚实。这里有一流的博物馆，三朝古都、两千年的历史，都浓缩在里面；这里是豆腐的发祥地，淮南王刘安研究长生不老之药，却成就了八公山豆腐，全国闻名；这片土壤里，曾孕育过淝水之战以少胜多的战争奇迹……如今的平川县，沿着祖先的脚印，在文化领域内，继承中有创新，先后获得“全国书法之乡”“全国美食之乡”“全国寓言之乡”等十多个荣誉称号。

去年，平川县的信息化工作获得全省第一。全县微信公众平台10个，电子商务运营平台25个，虚实结合，运转有序，弘扬主旋律和反映社情民意并重，较好地配合了县、乡两级政府的中心工作。

微信平台中，影响力最大的是《爱我平川》，6年前创建，如今每日阅读量都在5000人以上。创建者黄飞，原来是镇司法所所长，连续5年参加司法考试没能通过，感觉很没面子，就辞了职，下海当老板，在镇工业区选了一处靠近水源的地方，发展酿酒业，生意随着微信平台的发展而水涨船高，白酒远销到了山东、内蒙古、河南等地，赚得盆满钵丰。

黄飞是江永来的老表，江永来的亲戚中，只有黄飞混得有头有脸，见过大世面，江永来这时候只有找他了。一大早，江永来把女儿失踪的消息告诉了他。

黄飞只听了几句话，就开始高声大叫，把江永来训斥一顿之后，说他要亲自去找派出所。

黄飞开着旧别克，来到派出所，只有户籍民警在办公，值班室坐着一名辅警，一问才知道，所长带2名干警去调取街道所有的监控去了。黄飞心里想，这就好！派出所已经当个事情做了，就开车回到了酒厂。

黄飞准备在《爱我平川》上发一条消息，题目都想好了：“风华中学九年级女生昨日走失。”但考虑到事情的走向不好把握，假如三天两日后江巧巧回来了，给她造成如此大的影响，会影响她的，只得作罢。

风华中学也没有闲着，从江巧巧的同座位同学、前后座同学、同组同学、同班同学开始走访，圈子越来越大，以至于凡是跟江巧巧上学同路的同学，不管班级，不分男女，一一过滤，但获得的答案基本一致：在江巧巧走失之前和当天，江巧巧没有跟任何人产生过不愉快，对即将到来的中考，她的情绪正常。而且，江巧巧平时说话少，为人低调，除了学习，其他概不参与，不喜欢结交学校的同学们，更不会跟社会上的人接触，早恋的可能性基本不存在。

张永来所有的亲戚上午都来了，分四路，往东南西北四个方位进行寻找，麦田、水塘、水井、乡村路、废弃的草房，甚至公墓，都找了，周边二十里地也不放过，但没有一点儿收获。

派出所、学校、江永来及亲戚们，三支队伍忙活了三天，没有一点儿头绪，这时，谣言开始长翅膀，说什么的都有。这些谣言如一根根射出的飞针，深深地扎在江永来和亲戚们的心里，他们痛苦得几乎要抽搐。从江永来的父辈开始，家庭经济状况就一直很差，吃上顿没下顿是常有的事。江永来弟兄两个，哥哥小时候患过脑膜炎，因为治疗不及时，大脑神经系统受到损害，成了智障者，除了能吃饭穿衣，其他什么事情都做不了，至今独身。江永来直到30岁那一年，才与湖北英山县的妻子结婚，接下来才有了江巧巧。江巧巧是他们唯一的根！

可是，这个根，现在在哪里？

大清早，还没到上班时间，黄飞又来到了派出所，直接敲江所长的门。敲了半天没有动静，却把隔壁的门敲开了。开门的是那位瘦高个警官，他一看是黄飞，笑了笑，说："黄总，大清早到派出所来，有什么指示？"

"教导员，指示倒没有，请求有。江巧巧走失到今天是第四天了，案子查得怎么样了，可有什么线索，我想了解一下。"黄飞一脸的焦灼，眉头微微有些皱。

"在初步排查呢，目前没有任何线索。"教导员实话实说。

"这都几天了，还没有线索？火不烧到谁的身上，谁觉不到疼，对吧？"

教导员脸上有些挂不住了，说："话不能这样讲，这句话从当初的司法所所长嘴里冒出来，我觉得不应该。案件不论大与小，总有一个解决问题的过程，对吧？"

"那你觉得我怎样说话，你们才爱听呢？我夸你们情系百姓，躬身为民，这话好听，可你们做到了吗？"黄飞的话，火药味十足。

"我可没有这层意思，为群众服务是警察的职责。"

"你们江所长呢？昨晚回县城了？"黄飞突然转换话题。他感觉跟这个教导员说再多也不起多大的作用，毕竟案件是所长负责制。

"昨晚回去了，今天他家里有事。"

"今天下午会不会回来？"黄飞问。

“说不定。”

“为了私事，居然可以把案件放一边，派出所就是这样为人民服务吗？”黄飞突然声音高了八度，说话间，手一甩，手机掉在地上。

“江巧巧这事，暂时还不能定为刑事案件，有诸多的可能性并存，目前还只在初查阶段，没有进入侦查程序呢。”教导员耐着性子说。

“难怪呢，这么大的事情居然还没有立案，还在初查，你们的判断有问题！江巧巧肯定遇到不测了，你们不能这样对待她！”黄飞急了。

东方的大火球越升越高，办事的群众开始三三两两往派出所院子内进，教导员说：“这里说话不方便，咱们进屋谈。”

教导员说：“作为江巧巧的亲属，你们怎么着急都是可以的，但是派出所必须要按照程序办事。你知道的，刑事案件的立案，一要有证据，证明罪犯有犯罪事实，或者证明受害人已经遇害；二要经过审批程序，即使确认为刑事案件，派出所也不能自行立案，要经过局长或者分管局长批准。目前江巧巧是出走还是被害，无法确定，你让我们怎么办？”

黄飞沉默了好一会儿，问：“派出所有没有启动协查程序，向周边县市的公安部门请求协助查找？”

“昨天在办，今天可以发出去了。”

黄飞站起来，说：“今天早上，我的情绪急躁，态度不好，请教导员不要往心里去。改日我请老哥喝一杯，酒桌上再赔不是。”

教导员拍了一下黄飞的肩膀，说：“见外了吧？以前咱们是吃一锅饭的，这份情，我没有忘！”

“我也没有忘！”

两个人的手就这样紧紧握在一起。

三

黄飞的车子刚从派出所大院出来，一辆黑色帕萨特进了派出所，江所长夹着包走出车子。

他的母亲患脑梗死已经快一年了，在县医院和市医院都住院治疗过，时好时坏，最近几天病情突然严重起来，汤水不进，吐字不清。江所长弟兄一个，姊妹两个，姐姐在北京工作。昨天下班时，他跟所里几位民警说，他要请假一天，带母亲到省城医院看看。大家都说："放心，所长，所里的一切事，我们会担起来！"

江所长昨晚回到县城时，天已经黑透了，妻子坐在饭桌上，在等他。这位中学教师，自从嫁给警察，聚少离多，女儿15岁了，丈夫在镇上派出所工作也正好15年。这些年来，她都不知道自己是怎么过来的，柴米油盐酱醋茶，电费水费燃气费，女儿上幼儿园上小学的接送，女儿头疼脑热去看医生，哪一样让丈夫分过心？这倒不是说丈夫懒惰，不做家务，实际情况是他真的没有空闲。不错，周六周日他是回县城，可他总是捧着一大堆卷宗材料，找公安局法制科的干警审查，找分管局长签字，这样说吧，江所长的周六周日也还是处于工作状态，没有真正意义上的休息。

江所长放下公文包，一屁股坐在沙发上，瞧了一眼桌子上的几个菜，说："你先吃吧，我稍微喘喘气，等一会儿吃。"又说："妈已经睡觉了吧？明天我带她到省立医院查查。"

妻子依旧坐在那儿，不断地点头，说："等你一起吃吧，我也不怎么饿。"

这天夜里，后半夜，江所长从睡梦中惊醒。他梦见江巧巧被人害了，披头散发，满脸的血污，一家人抬着她，在派出所门口哭哭啼啼，旁边围了上百个居民，一个个铁青着脸。醒来以后，他睡意全无，就悄悄起床，在走廊内踱来踱去，此时，水一样的月光从窗外挤进来，轻抚着他的脸庞，让他发烫的大脑有了一丝丝的冷静。他想，案件不能有半点懈怠，早争取一天，就可以早获得一天的主动。妈看病的事，只有让妻子代劳了，妻子不好请假，他直接找校长，校长是他的初中同学，这点面子不会不给的。

他也想到了，还得找省立医院的那位高中同学帮忙，要不然，明天去检查，妈不一定能排上队。他是最讨厌张口求人的，尤其不习惯这种插队似的求人，但是，为了尽快破案，他只有这样了！

他泡了一杯浓茶，仰在客厅沙发上，眼睛半睁半闭着，想暂且忘记凌乱如麻的思绪，可是，越想冷静，大脑越是兴奋，他真想开一瓶白酒，口对口喝了，依靠酒精的麻醉，让自己睡一会儿，他在黑暗中咧了一下嘴，为自己的天真，也为自己的无奈，哑然失笑。

不知什么时候，他昏昏入睡了。醒来时，已经是早晨 6 点，东方一轮红日从地平线上冉冉升起，新的一天来临了！他慵懒地伸伸胳膊，走进厨房，今天他要好好表现一下，做蛋炒饭，煲胡辣汤，博得妻子赞许的一笑。

蛋炒饭才做到一半，妻子出现了，望着笨手笨脚的丈夫，她“噗嗤”一笑，接过他手中的锅铲，说了句：“我来！”便头也不抬地忙开了。江所长从背后猛地搂住她，下巴在妻子乌黑的头发上磨蹭，妻子扭动着身子，嘻嘻笑着，说：“一定又有什么事情求我，对吧？”江所长说：“今天你带妈去省城吧，镇上有个小女孩，跟我们家闺女一样大，也在读九年级，走失四天了！我不能耽误。”妻子眼睛湿湿的，说：“一定不能耽误，我带妈去检查！”

江所长掏出手机，开始打电话。

监控录像显示，5 月 18 日中午十一点五十分，江巧巧走出校门，沿着 203 省道自北往南走，然后拐进了自东向西的花园街，在花园街中段，人影消失了。消失的原因是，花园街中段没有安装监控。

上午，派出所召开了由风华中学、街道居委会、江永来家人参加的案件碰头会。江所长首先通报了从监控录像上所获得的信息；风华中学汇报了江巧巧的个人一贯表现和近期思想状况；街道居委会递交了一份统计表，把近 20 年来街道有过违法犯罪前科，特别是有过调戏妇女、猥亵妇女、拐卖人口等违法行为的人，全部登记在册；黄飞把三天来，亲戚们寻找和搜救的情况做了详细说明。

电脑键盘飞快地跳动着，“嗒嗒”的声响清脆而令人心焦，几方提供的内容，将成为下一步工作的方向。

会议结束，派出所根据调取的江巧巧 5 月 18 日手机上的通话记录，也是最后一个通话记录，决定接触一下春雷高中的高一学生邹刚，邹刚是未成年人，江所长同时让邹刚爸爸全程陪同配合调查。

邹刚其实跟江巧巧住家很近，同属于老街“八大户”的，八个住户，以前经济条件都比较差，十多年前，别的住户陆陆续续都搬到外边盖新房、买商品房，这八户人家还是按兵不动，满足于在旧房基础上修修补补，或者一层变二层，或者增加几间新房，反正花不了几个钱。百年前的老街，注定让“八大户”的住房成为街道上的一大另类：首先是，地点逼仄、偏僻，鸭肠一般宽的街道，一辆小轿车通行都非常困难；其次，无规划的建房，让“八大户”的住房凌乱无序，不整齐；再次，“八大户”家家都有前后门，前门对着老街，后门对着杂乱无章的菜园地，碰到下雨天，后门是无法走的，满是泥泞。

最近这几年，“八大户”中间，冒出了两个有钱户。尚文兵，这个沉默寡言的中年人，这些年摸准了致富的路子，用传统技术生产豆制品，千张、豆腐、蛋白皮，浓重的豆浆味儿，颇受消费者欢迎；邹刚爸，在街东头开了一个土菜馆，自己掌勺，按照顾客的口味来。他当了十年的街道干部，踩百家门头，吃百家饭，知道人们喜欢吃什么，吃什么味道的。所以，生意也好得不得了，钱甩着跟头往屋里面跑。

江所长把警车开到花园街最西边，停下，开始步行到“八大户”，正好，邹刚爸推着电瓶车准备出门。一听说要跟派出所到春雷高中找他儿子，他横竖不同意，理由是饭店忙，走不开。江所长半开玩笑地说，营业损失由派出所赔偿，他才带着一脸的不情愿上了车。

恰好是春雷高中下课时间，三三两两的学生急匆匆往厕所赶，广播中播放着凤凰传奇演唱的《荷塘月色》，曲子美，唱得也好。江所长有意把警车停在校园外面，步行到校长办公室，把警官证出示了一下，单独跟校长和班主任谈话，了解了邹刚最近的一些情况，然后，邹刚带着一脸的疑惑，跟着一行人走出大门。

问话是在春雷高中附近的红旗派出所办公室进行的。江所长问话，那位年轻的警官记录，邹刚爸在一旁静静地坐着。

江所长说：“我是山南派出所的江所长，这位负责记录的是谭警官，今天找你了解一个事情，希望你如实回答，好吗？”

邹刚颤抖着声音，从嘴里很艰难地挤出一个字：“好。”

“你不要紧张，放松一点。”江所长提醒道。

邹刚点点头，两条并拢的腿，这时开始发抖。

“5 月 18 日那一天，包括白天和晚上，你在哪儿？”

“我在学校。”

“一天一夜都在学校？”

“是的。”

“那你的班主任怎么说你 5 月 18 日一天一夜不在学校，你请假回家了呢？”

“反正我在学校。”邹刚垂下了眼皮。

“作为高中学生应该诚实，不说谎话，要不要让班主任来跟你对质？”江所长说。

“我刚才说错了，我 5 月 18 日是不在学校，我跑到鸡公山捉山雀去了，迷了路，第二天早上才走出来。”

“谁能证明？”

“没人能够证明，不过我绝对没有说谎。”邹刚脸上微微泛红。

“我再问你，5 月 18 日早上八点十分，你有没有给江巧巧打过电话？”

“打过。”

“说了什么？”

“没说多少话，我就问了一下她最近的学习成绩怎么样，她说还可以，就这些。”

“你俩什么关系？”

“没什么关系，邻居，上下届同学。”

询问到此告一段落。江所长让邹刚父子在每一页的笔录上签名、写上日期。

已是午餐时间，几个人从红旗派出所食堂弄了几份盒饭，在办公室内吃下了这顿饭。当然，邹刚父子例外，他俩的盒饭动都没动，完整地放在那儿。尽管江所长、谭警官、警车司机劝慰他们，他们只是叹气，说不饿。

下午三点钟，县刑警队队长张爱辉和一名刑警开车来到红旗派出所，新一轮的问话开始。张爱辉问话，江所长记录。

问到邹刚 5 月 18 日一天一夜在什么地方，做什么，邹刚还是一口咬定在山上，捉山雀，迷路了，一夜未归。

张爱辉突然拿起邹刚的手，手背上有几道伤痕。张爱辉厉声问："这伤是怎么回事？"

"是……我在山上摔跤，石头划的。"邹刚说。

"你可知道，江巧巧失踪了，今天是第四天。"

"我不知道。"

"你不跟我们警察说实话，对江巧巧是不利的。多耽误一分钟，她就多一分钟危险。"

"不知道，就不知道！"邹刚情绪开始激动。

几个人走出门，然后又把邹刚爸喊出来。屋子剩下邹刚一个人。

半个小时过去了。

一个小时过去了。

张爱辉单独对邹刚爸谈了一番话，让他去做儿子的思想工作，坚决要把 5 月 18 日一天一夜的事情如实说出来。假如与邹刚有关，也会考虑他的从轻、减轻情节，希望不要错过这个机会。

邹刚爸红着眼睛，来到儿子跟前，屋子内就他父子俩。

一根烟工夫，邹刚爸出来了，他说："儿子愿意如实说明情况，但有两个要求：一是让警方对他的事情保密，不让学校知道。"

"可以。"张爱辉说。"第二个要求呢？"

邹刚爸有点不好意思，说："要求我不要打他。这孩子从小我就打他，往死里打，被我打怕了。"

几个人都笑了，说："进屋！"

邹刚说："5 月 18 日早上八点十分，我给江巧巧打电话，让江巧巧转告我爸爸，急需用钱，要爸爸往卡内打两千块钱。江巧巧说，你直接给你爸打电话不就得了，让我转告，不是多此一举吗？我说，我怕他骂我败家子，不给我钱，所以请你转告，他不会骂你的。结果，当天上午钱就到了卡上，我取出钱，跟老师请假，说家里出事了，爸爸出车祸了，然后一头扎进游戏机室，玩赌钱游戏，通过游戏币支付，没想到手气特别背，一个下午就输了一千多，我不服气，晚上接着玩，玩到天亮，我还输几百块钱，我也认了，走出游戏机室，晕晕乎乎的，看太阳光都是白的，一不小心，摔了一跤，手碰在窨井盖上，当时就出血了。”

“那你为什么今天上午，今天下午，一直回避这件事呢？”张爱辉一脸的疑问。

“我们学校是私立高中，管理特别严，如果学生旷课进游戏机室，是要被开除的，我怕跟你们说了，你们不给我保密，我没有书念了。另外我也怕我爸知道这事，他打我，他的脾气上来了，都要吃人。哪怕是在学校内，当着老师和学生的面，他也会打我，我怕！”

“你在哪家游戏机室？”

“是美玲游戏机室，在东街。”

江所长一行人从美玲游戏机室出来，再把邹刚悄悄地送到学校门口，天色已晚，几个人坐在车子上，一句话也不说，压抑，沉重，着急，压力如山一样地压在几名警察心里。走下警车的那一刻，江所长一声闷重的叹息，把司机吓了一跳。

四

江巧巧失踪已经第五天了。

上午，刑警队长张爱辉带领几个人，来到山南派出所。

镇扫黑除恶办公室的几名工作人员，正在江所长屋子内统计举报情况，见刑警队来人了，便主动放下手里的事情，让江所长随同刑警队人员到“八大户”进行实地调查。

自东向西的花园街1662米，从花园街到“八大户”最南边一家是721米，到最北边一家是185米，户与户之间间隔距离比较大。

上午九点钟，又是逢集，正是街道最热闹的时候，然而，“八大户”静悄悄的。零零星星的不知名字的杂树已经有碗口粗，一丈多高，偶尔有麻雀从树梢飞过，叫唤几声，丢下几颗鸟粪，便急匆匆地跑了。

几名警察，身上背着相机，手里拿着卷尺，小心翼翼地盯着路面，盯着墙壁,盯着树木,像是在寻找什么金贵的东西,忙了半天,却什么也没找到。

然后，开始逐家逐户走访。八大户，八个姓，彼此也没有亲戚关系，因而相互很少走动，用当地人的话来说就是“你吃你的，我喝我的”。平时，后门是关闭的，只有出门时开一下。“八大户”有特色，如果拍摄谍战片，需要提供谍报人员传递情报、开秘密会议的场景，这地点最合适，无须装饰和布置，扛着摄像机就可直接拍摄。站在这里，几名警察都说，有点儿阴森森的呢，一点也不敞亮。

这种走访，其实就是一种调查。进到屋子内，有警察在跟户主攀谈，有警察打着哈哈满屋子走来走去，一会儿夸“这房子真大呀”，一会儿拍拍老式的彩色电视机，说“哟，老古董呢，当初这家伙可值钱了”，警惕的眼睛丝毫不敢大意，就连厨房和厕所也不放过。

多数家庭配合警察的走访，但也有例外，邹刚的妈妈就拦着大门，不准警察进屋。嘴上絮絮叨叨地说：“我家又没有犯法，干吗又找我儿子，又到我家里来，我家不欢迎你们！”江所长笑着说：“亏得还是开饭店的呢，哪有这样对待客人的？”女人说：“这不是饭店，这是住家。”江所长说：“一样,我们先在这儿坐一会儿,到中午十二点,说不定就到你家饭店吃饭了呢。”邹刚妈脸上多云转晴，说：“不嫌弃穷家破院，就进来吧。”

话匣子一打开，邹刚妈滔滔不绝。从她嘴里，警察们知道了“八大户”十多个成年男子的性格、脾气、嗜好，也知道了一些人的既往史。比如，某某因为在黑夜中摘了隔壁菜园地内的西瓜，被抓个现行，还死不认账；某某树上的桃子落了一地,却不准别人捡,说是捡了,来年桃子挂果就少了,结果被人家跺脚臭骂了一顿；某某老婆在二十多年前投井死了，害得街上居民好多年没水吃。

八家走访结束，已经是接近 13 点了，派出所食堂的师傅早已关门，回家搞水稻“旱育稀植”去了，江所长笑着对张爱辉说：“张大队有口福，咱们去‘邹家排档’就餐，不喝酒哟。”

五

黄飞的微信平台《平川人家》终于打破了5天来的沉默，发布了《15岁的豆蔻少女，你在哪里》，文字后面，附上了江巧巧的照片。

多家微信平台，转发了这条消息。

山南镇15岁女学生失踪的消息，短时间内传遍了全国各地，牵动了千万个读者的心。人们纷纷在微信群、朋友圈转发，一时间成为热点新闻。

平川县公安局迅速做出反应，特事特办，把江巧巧失踪案正式列为刑事案件，立案侦查。分管刑侦的副局长坐镇指挥，督导破案，跟张爱辉等人吃住在山南镇。

经过梳理、比对，办案人员认定，江巧巧没有离开山南镇！更准确地说，江巧巧没有离开街道。

纳入侦查视线的圈子在缩小。

就在刑侦人员有条不紊地调查取证时，黄飞心血来潮，决定给办案机关打一剂强心针，以尽快破案。5月24日，在《平川人家》再次发文：《早知如此，何必当初》，矛头对准平川县公安局和山南派出所，指责两级公安部门敷衍塞责，消极应付，案发多日不予刑事立案，有可能已经错过最佳破案期。此文一出，一片哗然，县政府网站“百姓畅言”栏目当天帖子数量突破三千，质疑、咒骂、声讨，一边倒的舆论。在这种情况下，县公安局分别在县政府网站和“金色盾牌”微信平台发布《情况说明》，解释一开始不予立案的法律依据，但却招来更猛烈的谴责声，就连县委书记都坐不住了，跟着市、县公安局局长，多次亲临山南破案现场，严明纪律：刑警队长和副局长以上人员遇有私事，要向县委书记请假；其他办案人员遇有私事，要向政法委书记请假。一线破案人员，一天案件不破，一天不撤离山南镇！

那几天，平川县的长途大客车生意特别好，比春运时客流量都要大，在平川县读书的不少女孩，他们的爸妈纷纷从上海、浙江、广东等地赶回来，不再打工，开始陪读，上学送，放学接，弄得十多岁的女学生们很不习惯，苦笑着说，一个学生失踪，带来一场震动，草木皆兵呀。

邹刚爸妈，下午突然到了派出所，要找江所长和张爱辉大队长。邹刚爸看样子中午喝酒了，脸上呈酱红色，嘴里喷着酒气，怒气冲冲的。

见到江所长，邹刚爸说："邹刚不上学了，在家里的床上哭着呢，你们干的好事，你们负责！"

"怎么回事呀？"江所长问。

"你们那天把他从学校带到红旗派出所，他回到学校后，一些同学都知道他被警察带走过，背地里说他干了坏事，说江巧巧是他弄丢的，班主任在班上澄清这件事，没想到越描越黑，全校学生都知道了。邹刚成夜睡不着觉，听课也听不进去，好端端的孩子，名声弄得这么臭，他哭着跑回来说死活不去上学了。"说着，邹刚妈大声哭起来。

哭声引来了一些群众。张爱辉过来了，分管副局长也过来了。他们决定去看望邹刚。

"你们还想让孩子在山南街道臭名远扬啊？不行，不许你们到家见他！"邹刚爸大声说。

想想也是。副局长说："这样吧，邹老板，明天一早，你和孩子往学校赶，我们随后，到学校，让校长召集全校学生开会，会上我来讲话，说案件与他无关，他仅仅是一名证人，他做得不错，很配合警方，应该受到表扬。"

邹刚爸妈点点头，说："只能这样了。"

江所长舒了一口气，端起茶杯正要喝口水，手机响了，电话里传来哭声，妻子泣不成声，哭着说："你快回来吧，妈走了……"

妈躺在睡了几十年的枣树床上，面部很平静，中午还吃了小半碗八宝粥，下午五点就撒手西去了，人，说简单也简单，生命之油灯，熬干了，火也就熄了。

妈从省城医院回来，家里人就知道老太太顶不长，打电话给北京的姐姐，姐姐二话不说，拎起拉杆箱，第二天就到了妈的身边。

那天检查，医生说："老太太没有再住院的必要了，至多十天半个月，少则三天两日。”医生的话，向来比较准。

江所长跨进门，看到双目紧闭的妈，一下子瘫倒在地上，旁边人过来拉他，他不让，跪着爬到妈的床前，大哭了一场，揪着自己稀疏的头发，情绪失控。想想最近所受的委屈，投入的超负荷工作量，对妈的不尽责，心如刀绞，腰慢慢变成了弯弓。

他十五岁那一年的秋季，一天深夜，做了一天农活的爸爸，突然喊叫了几声，一脸的痛苦状，很快死在了妈妈的胳膊弯内。妈妈带着姐姐和他，硬是靠六亩责任田和喂养老母猪，把一双儿女都培养成大学生。江所长参加工作后，妈还在老家种着责任田，直到去年春天，江所长夫妻俩强行把妈妈接到县城，结果，几个月没过，患上了脑梗死，住了两次院，每次都火烧火燎地要出院，以致错过最佳治疗期。这位慈祥的母亲，怕孩子花钱，怕耽误孩子工作，却唯独没有考虑自己！

老太太身边的招魂灯忽明忽暗，如豆的灯芯不时摇曳几下，江所长想，那是妈在跟他说话，心细如发的妈，即使走了，心里也牵挂着儿子，不合格的儿子呀，对不起老人家！

来吊孝的人越来越多，窗外响起几声闷雷，干旱好几个月了，会有一场雨吗？

六

前几天家里还是人来人往的，今天突然安静了下来。乡下的亲戚们实诚得很，帮助寻找了几天，一无所获，也就陆陆续续回去了，用他们的话说，既然起不到作用，就不添乱了，人走主人安。

这些天，江永来一直混混沌沌的，忘记了天明早晚，忘记了一日三餐，饿了，就吃一口，感觉不到饿的时候，就不吃。睡眠也极不正常，睡到半夜，常常被噩梦惊醒，梦到女儿哭着喊着要回家。

夫妇俩眼泪流尽了，嗓子也哑了，就坐在床上发愣。这时候是夜里，公鸡开始叫第一遍了。

张永来点燃一根烟，披衣下床，他嘟囔了一句，就开门出去了。这个从不抽烟的男人，最近学会了抽烟，一根接一根地抽，他仿佛要把心中所有的焦虑和郁闷，都通过呼出去的香烟排放出去。

深邃的夜空，偶尔有流星跑过，不过，江永来没有看见。走出自家的门，他在想：往哪儿走呢？他就走走停停，停停走走，一会儿向南，一会儿向北，没有方向。

怎能乱走呢。他突然想到了不远处的大沟塘，女儿小时候曾经失足落水的地方。女儿 7 岁的时候，有次跟着一大群孩子到大沟塘采荷叶，荷叶离岸边有一段距离，女儿就左手拽住岸上的柳树，右手去接近荷叶，谁知，左手一软，人倒在水塘内，呛了不少水。那天是逢集，赶街的人不少，路过的大人们二话不说，一头扎进水里，把女儿托上岸。从那以后，女儿再也不走近水塘半步。

今晚的大沟塘没有荷叶，只有静静的水面。塘北侧十多间简易房，是养猪场。养猪场是尚文兵承包的，但他本人不参与喂养，他只磨豆腐，豆制品的下脚料是好东西，猪喜欢吃。于是，尚文兵雇佣的两个五十多岁的中年人，天天忙得热火朝天：豆制品的下脚料喂猪，猪排泄的废物进塘，塘里有鱼，肥沃的水土滋生出鱼喜欢吃的浮游生物。尚文兵要是都不发财，谁发财呢？

想到这，江永来心里突然一惊，一种近乎荒唐的想法从脑内冒出来。尚文兵儿子会不会跟女儿失踪有关？

半年前，女儿说过："尚涛不是好人！"江永来问："他怎么不是好人啦？"女儿说："他讨厌！"

女儿每天上学、放学都要从尚涛家门口过。江永来不由自主地颤抖了一下。

尚涛今年 25 岁，书没有读出来，就成天窝在家里，有时候替爸爸做个搭手，跑跑腿，做点儿力气活。跟他爸一样，很少接触人，话语也少，个人的婚姻事，指望自己开拓一块疆土是不可能的；指望父辈，钱有，山南街道的人都知道尚文兵有钱，那又怎么样呢？钱再多，是你尚文兵的，与别人一毛钱关系没有，所以街坊邻居没有人愿意为尚涛介绍对象。

一包烟被江永来抽得还剩下最后一根，他决定回家了。露水悄悄地打在身上，他觉得有些冷。不远处，一个模模糊糊的东西瘫在地上，像人，又像动物，江永来小心翼翼地走近，原来是妻子！这个身高一米五的外地女人，自从嫁给他，就没有享过一天福。江永来鼻子一酸，扶起妻子，说："回家吧，怎能在地下睡觉？"

妻子说："我怕你想不开，就跟在你后面，一不小心，睡着了，唉！"

江永来一边走，一边思忖着，明天，得找一下黄飞。

七

山南镇的人，至今还没有忘记1992年初夏，有一位结婚不久的女性，死在镇变电所的那口水井内。

当时的山南镇，撤区并乡不久，镇上派出所还没有正式成立，仅有2名驻点民警。一天，一位自称姓王的乡下农民来到驻点民警的办公室，说自己的女儿不见了，要求公安人员查找。驻点负责人经过详细询问，才知道这个老王并非山南镇人，而是邻乡的。半年前，女儿嫁到山南街道，从订婚开始，女儿一直对这桩婚事不满意，但因为拿了男方的彩礼，也就硬着头皮举办了婚礼。结婚才一个月，小两口就吵吵闹闹，前几天，女儿突然不见了，女方问男方，人到哪里去了，男方说，应该我们问你才对，你家女儿回娘家去了，好胳膊好腿走的，怎么反过来向我家要人了？结果，双方一见面就吵，无奈之下，老王想到了驻点民警。

听完老王的叙述，驻点负责人说："你先回去，把附近的沟塘堰坝看看，把麦田和油菜田看看，我们公安部门也不闲着，在街道附近走访走访，看能不能查出一点头绪来。一有情况，我们会及时通知你。"

老王千恩万谢地走了。

一天中午，也就是小王失踪的第四天，变电所所长喘着粗气跑到驻点办公室，说变电所井里好像有一颗人头，昨天居民打水时，就感觉不对劲。

驻点负责人带领几名联防队员立即赶到变电所。

变电所所长很快就找到了粗绳、铁钩、竹筐，准备打捞。

井是老井，有年代了，据说是清朝末年，一位知府回山南镇祭祖，掏钱为乡亲们修建的，直径 2 米，深 500 米，再干旱的年份，这口井都不曾干涸过，1958 年大旱 6 个月，外公社的许多居民都来这儿挑水，排队排到了街中心。因此，当地人又称这口井为“幸福井”。

费了不短时间，才把铁钩对准、挂上，几个人拽着绳子，把井下之物拉出井口。

这是位女性，长长的头发，没有血色的脸蛋，由于长时间在水中浸泡，人已经被泡得有些臃肿，就在人们七嘴八舌对尸体进行辨认的时候，老王和他的老伴、儿子，出现在了井口，望着湿漉漉的死者，几个人捶胸顿足，号啕大哭。

电话很快到了县刑警队，一个多小时以后，警车呼啸着赶到山南街道。

尸体抬到了尚文兵家，二十三岁的尚文兵，面对死去的妻子，耷拉着眼皮，面无表情。

接下来的程序是解剖尸体，现场勘查，采集血样。井口上几点干燥的血迹，被法医采集了下来。

这个案件在方圆几十里地传得沸沸扬扬，人们都觉得，死者天生胆子小，即使寻短见，也不敢往这口深不可测、阴森森的井内跳，况且，一个新媳妇，平时也不挑水——尚文兵家本来就有机井，她怎么会知道，围墙内的变电所会有一口井？

疑问归疑问，两个月后，公安部门做出认定：死者系自杀。

老王家的人不同意，提出：“她胸部腹部的伤痕是哪里来的？头上的伤痕怎么回事？”法医解答说：“应该是打捞过程中，铁钩抓的，是死后伤。”

老王家的人强烈要求对尚文兵采取强制措施。刑警队说：“没有证据证明死者的死亡与尚文兵有关，尚文兵自己也不承认他做了什么。”刑警队询问了 24 小时，尚文兵什么都不承认，偶尔他还会愣着眼睛跟警察争吵，一副无所畏惧的样子。

几年后，尚文兵再次结婚。他开始子承父业，接过了父亲的磨豆腐工具，熬制出一板又一板千张、豆腐、蛋白皮，二十多年下来，他从小尚变成了老尚，从当初的个体户成为山南街道屈指可数的富裕户。

熟悉他的人都说，其实，尚文兵读书时是一个好学生，学习成绩好，性格也开朗，用现在的话讲，他是阳光男孩。15岁那年，他偷偷追求一名同班女生，没想到女生把纸条递给了班主任，班主任当着全班同学的面羞辱了他，从那以后，尚文兵就变了一个人，成天不说话，上课也不专心，对《福尔摩斯探案集》入了迷，一个月以后就辍学了。他爸打了他好多次，小木棍都打断了，他也不上学。父亲急了，就拽着他的胳膊强行往学校拖，他睡在地上，咬着牙，脸朝上，背朝下，后背被地面摩擦出了血迹，他也不从。

如今，尚文兵爸爸见人就说，是金子，埋在泥土里都会发光。文兵当初没有把书读出来，可他比那些考上大学的同学要混得好，这叫什么来着："不看广告，咱看疗效！哈哈哈……"

八

黄飞正睡得迷迷糊糊，被江永来的电话吵醒了。这要是在以前，他非把这个表哥训得狗血喷头不可。可是现在他不能这样做，表哥夫妇俩心里苦着呢，帮不了他的忙，已经够惭愧的了。黄飞也憋屈，江巧巧走失这件事，深不得，浅不得，像老牛掉进枯井里，使不上劲。前几天，他着急上火，接连在微信公众号上发了2篇文章，正面作用没有发挥多少，倒把全县上下弄得人心惶惶，就连平川县在全国各地打工的人们也受到了影响。最主要的，是县委、县政府、县公安局的领导都被弄得灰头土脸的。他黄飞作为中共党员，曾经的国家公务员，应该注意在公众场合的一言一行，不能逞一时之气，造成不应有的负面影响。这几天，他的公众号一条消息也没有发，他准备冷静一下，沉淀一下，反思自己。

江永来请他上午到他家去一趟，说有话需要当面说。

起来洗把脸，刷牙，饭也没有吃，就开车了。早晨不吃饭对他来说太正常了，他也不知道一天到晚为什么这么忙。酒厂的日常经营从来不要他过问，他过问的都是不挣钱还贴钱的事情，但他觉得挺好，愿意这样干。

进了门，就看到江永来夫妇那熬得像兔子一样通红的眼。屋子里乱七八糟，没人收拾，江永来走近他，风中卷起一股浓烈的汗臭味。自从女儿失踪，这些天来，澡不洗，牙不刷，衣不换。他说，女儿一天没下落，他就一天保持5月18日的样子。这个貌似没有任何意义的决定，却蕴含着天大的父爱，胜过千言万语。

江永来说："表弟，昨夜我突然想起一件事，我觉得吧，巧巧就在花园街到'八大户'这巴掌大的地方不见的，刑警队的人，怎么不一家一家地仔细搜查一下呢。"

黄飞说："现在是法治社会，没凭没据的，刑警队怎么能够随便搜查民宅呢？"

"搜查民宅大不了得罪这8户人家，不，7户人家，可这是人命关天的事，总比到时候闹出人命官司要划算吧。"江永来说。

"其实呀，公安部门已经搜查过7家了，那天的走访，不就是巧妙的搜查吗？你不懂，我懂。"

"那不是一场白忙活吗？不认真搜查，走过场，怎么能破案！"江永来叹了一口气。

黄飞说："我们可以这样做，把7户人家，年龄在15岁以上的男女，一家一家列出来，细分一下：上学的，不上学的；品行差的，品行一般的，品行好的；家风正的，家风一般的，家风不好的；有过劣迹的，没有劣迹的；经济条件好的，经济条件一般的，经济条件差的；性格内向的，性格一般的，性格外向的；脾气暴躁的，脾气一般的，脾气较好的；心肠硬的，心肠一般的，心肠软的；有人情味的，一般的，没有人情味的。今天上午我俩就做这件事，一个不漏，摸底以后，打印成表格，分别在表格上画钩。这样，综合起来，基本上能看到一个人的好与坏，一个家庭的好与坏。"

7户人家，22人被统计，两张A4纸，密密麻麻的文字。黄飞甩着两张纸说："这玩意，也许能够起到一星半点的作用，也许就是一张废纸，死马当活马医吧！”话一出口，黄飞感觉不妥，这个时候，说到死字，无疑是对江永来夫妇脆弱心灵的一次伤害。

“我走了！下午三点，我俩在派出所碰面。”黄飞夹着包，讪讪地走了。

下午三点，黄飞和江永来走进派出所。

一楼食堂的隔壁是洗漱间，电热水器很给力，24小时热水供应。墙角有一台老式洗衣机，干警们洗澡洗衣刷牙很方便；二楼会议室的门头上有一块新牌子：“山南镇扫黑除恶办公室”，一周一次的碰头会，就在这里。自从发生5.18案件以后，这里成了刑警队的办公室，也是卧室，椭圆形的桌子被拆开，虽占据了半壁江山，但空间还是有些紧巴巴的；六张铁床整整齐齐地摆放在东北角，墙上挂着零星的衣服和帽子，有点儿像军营。

此刻，江所长不在，张爱辉大队长也不在，问去了哪里，那位大眼睛刑警队员说：“下乡了，有什么事可以跟我讲，一样的。”

望着这位嘴上没毛的小伙子，黄飞心里说，能一样吗？于是就说：“我们可以等。”

大眼睛刑警队员继续敲他的键盘。黄飞从报纸堆内找了几张《人民公安报》，递给江永来几张，自己留下几张，好打发时间。

黄飞的手机接连不断地响起来，大多是约请晚上吃饭的，他嗯嗯着，敷衍着，说在办事，顾不上。抬腕看表，表针已指向下午5时31分，已到了下班时间。他在走廊里踱来踱去，心里有些烦。他这个急性人，什么时候有过这种耐性？别说等两个半小时，等半小时的前例也很少。

就在黄飞和江永来准备抬腿离开的时候，张爱辉和江所长等人进了屋，看到黄飞他们，先是哈哈一笑，然后说：“黄总光临一定有要事，务必认真对待，不能马虎，走，咱们到江所长办公室谈。”黄飞知道话里有话，干笑了一声，说：“客气了！”

黄飞把精心制作的两张统计表格的打印纸掏出来，说：“这是我和江永来对涉案空间范围内7户人家基本情况的摸排，百分百真实，你们如果不相信，可以找街道干部核实一下。这里面22人，有两个人最值得怀疑，所有的疑点都集中在他俩身上，希望对破案能起一点作用。”

张爱辉眼睛盯着两页纸，足足看了10分钟，然后与江所长交换了一下眼神，说："不愧是老司法，会想到这一招。两张纸我们收下，谢谢你们！"一双粗大的手，紧紧握住黄飞。

走出派出所，街灯已经亮了，几家酒楼的霓虹灯招牌不停地闪烁着。黄飞想，在国泰民安的大局势下，残渣余孽还是存在的，就像眼前的这条饮水河，整个山南街道居民都使用它，上个月，人们只觉得自来水味道怪怪的，多次向自来水公司反映，里面工作人员说，一切都是按照过滤、净化、消毒的程序来的，没有问题。谁知，那个星期日，几名年轻人跑到湖边踏青，无意中在进水口处，发现了几头腐烂的病猪，虽被挡在滤网之外，味道却长驱直入到自来水管子里了。

九

昨天下午，黄飞和江永来在派出所等人，江所长等一行人正在"八大户"。

张爱辉、江所长等人，直接来到尚文兵家。

尚文兵看样子中午喝了不少白酒，出气带着浓烈的酒味。见张爱辉进来，就笑眯眯地说："又来了呀，这次来是买豆腐呢，还是买蛋白皮？我这豆制品，可是山南镇名牌呢！"

张爱辉说："知道你是名牌，二十多年前就名扬平川了。"

尚文兵瞪了张爱辉一眼，明显有不高兴，说："有什么事，直接说吧。"

"你家儿子在家吗？"张爱辉问。

"他不在家。"

"在哪里？"

"我怎么知道？他一个大活人。"尚文兵语气有点儿冲。

"你可以打电话问他一下。如果在本地，请你让他立刻回来，我们有事情需要他协助。"

尚文兵不说话，也不行动，坐在那儿，用牙签剔牙。

张爱辉掏出两根香烟，放到嘴里一根，递给尚文兵一根，尚文兵嘴上说不抽，手却接过香烟，随着“吧嗒”一声脆响，打火机的火焰喷出来，张爱辉把火焰凑近尚文兵，尚文兵表示感谢地点着头，一只手迎着打火机，另一只手谦卑地虚掩着，待烟雾从尚文兵的嘴角升腾，张爱辉才把自己那根香烟点燃。

抽了几口烟，尚文兵开始说话。他说：“我儿子吃过午饭才出去的，不会走出山南街道，如果你们要见他，我这就打电话，让他回家。不过，我有言在先，你们调查他可以，但不能吓唬他，更不能损坏他的名声，他还没有对象，禁不住这些事。”

张爱辉说：“当然。”

尚文兵又说：“我最瞧不起你们警察的就是，嘴上答应一套，事后做的又是一套。那年，我的第一个老婆投井自杀，明明是自杀，不是刑事案件，结果县公安局的人，在山南街道折腾了一个星期，查不出名堂，就来哄我，让我尽管承认，没事的，夫妻之间出现纠纷，死了人，跟其他刑事案件不一样。见我不开口，说要换个环境，带我到看守所，我说，去就去，结果他们没辙了。审了一天一夜，整整24小时，把我放了。临出门时，我提出一个要求，请求警察和联防队员在任何场合不能说模棱两可的话：一会儿说是自杀，一会儿又说案件没有侦破，搞得我好像真的是杀人凶手一样。他们都说可以，没问题，谁知道几十年过去了，大家都还认为不是自杀。”

张爱辉说：“你说的事情我不是太清楚，那时候我还在读高中呢。群众怎么认为，那是群众的事，不一定与警察和联防队员有关，你是明事理的人，想想可是这个理？”

尚文兵不说话了，开始拨打手机。

过了十分钟时间不到，一个小伙子走进屋，长相和个头，跟尚文兵一样。张爱辉看一眼小伙子，又看看尚文兵，带着夸赞的口气说：“哟两个帅哥，一个模子出来的！走，到尚涛房间聊聊。”

围绕5月18日中午十一点，到第二天早上这个时间段，话题打开。

尚涛一脸轻松。他说：“我知道你们在怀疑我，认为江巧巧走失与我有关系，不错，去年我曾经追过她，但她理都不理我，我感觉自尊心受到伤害，就堵在她上学的路上骂过她几次。5 月 18 日和 5 月 19 日，我在上海，不在山南街道。”

“谁能证明？”

“我妈，我二舅，都能证明。”

“可有其他非亲非故的人能够证明？”

“有。客车老板，卖票的，也能证明。”

“票呢？”

“扔了。”

只能谈到这儿了。张爱辉让尚文兵通知妻子和内弟从上海回来，又让江所长带人去核查长途汽车的老板和售票员。

很快有了结论：案发那天，尚涛和妈妈都在上海市奉贤区。

案件调查走入了死胡同，类似于“八大户”的东门，走进东门之后就是走进死胡同。

十

分管副局长专程回到局里，要求召开局长办公会，研究决定是否采用辅助侦查手段，比如警犬嗅源，手机监听。会上大家一致同意先采用警犬嗅源，至于手机监听，一是没有特定的嫌疑对象，二是需要经过上级公安机关批准，暂时不宜采用。

经过一系列繁杂的准备工作，两条警犬上阵。为了增强嗅源的客观性和科学性，先是第一条警犬 A 进行搜索，从北向南，另一条警犬 B 远远地待在警车后座位上，以眼睛看不见 A 为限。警犬 A 走到尚文兵家后门，就“汪汪”地叫起来，一个劲地往院子里跑，然后，在尚文兵的床前，两只前爪对着床沿乱抓乱挠，发出阵阵叫声。尚文兵跟在后面，咧嘴笑着，说这警犬一定喜欢我磨的豆腐，闻豆腐味而来，说着跑到豆腐坊拿了一块尚未出售的豆腐，还没有走到警犬跟前，警犬 A 一头扑过来，咬住了尚文兵的裤脚，这时候，尚文兵脸色苍白，一个趔趄把手中的豆腐甩出老远。

围观的人，这时屏住了呼吸，眼睛瞪得大大的，他们从来没有见过这个阵势。

分管副局长下令说："A 警犬继续向前搜索，B 警犬准备入列！"

最后三家，A 警犬很快走过，只费了几分钟的事。

B 警犬从南向北搜索。出现了跟 A 警犬基本一致的情况。尚文兵的裤管被 B 警犬拽成了布条，驯养员怎么也拽不住。

这时，张爱辉开始喊话，让所有围观的群众离开现场。人们也自觉地有序散开。

尚文兵站在院子中间，开始抽烟。

真正的现场勘查开始了。屋内屋外，每一个角落都不放过。

尚文兵床沿贴墙的那一侧，不显眼处，一颗绿豆粒大小的血迹趴在上面，公安人员立即提取留样。

院子东侧的一块空地，有长一米七、宽一米的新土，侦查人员用锹挖，挖到两米处，里面空空如也。

张爱辉问尚文兵："这是怎么回事？"

尚文兵说："挖着玩的。"

"有你这样玩的吗？你又不是小孩子！"

"我高兴。你管得着吗？"

跟他废话没有任何作用，张爱辉心里想。勘察人员完成丈量、取样、拍照、摄像之后，张爱辉说："请你把大门锁上，配合我们调查。"

尚文兵说："不要锁门，我老婆一会儿就回来了。"然后，就上了警车。

尚文兵被带到了县刑警队审讯室。

负责讯问的是分管副局长和张爱辉。副局长问话，张爱辉记录。

对于床沿上的血迹，尚文兵说是自己前天早晨，起床时，抠鼻子，不小心弄出血了，顺手抹在床沿，是自己的血；新挖的土壤是为了掩埋坛装的臭豆腐，土壤里埋臭豆腐，味道好，营养价值也高。

但经过核查，尚文兵从来就没有制作过臭豆腐，目前家里也没有一块臭豆腐。

至于血迹，刑侦检测技术很快就会鉴定出来DNA是谁的。

24小时很快就要到了。整个问话过程中，尚文兵要么装瞌睡，要么竭力狡辩。当然这是他的权利，法律规定，犯罪嫌疑人可以为自己辩护。

警犬嗅源，只是一种破案线索，不能单独作为定案的证据。

如果24小时到了，审讯上再没有突破，就必须放人，等待血迹鉴定结果出来，再重新做出决定。

问题是，假如尚文兵是凶手，谁敢保证放了他之后他不逃跑呢?

就在大家一筹莫展的时候，从登封派出所传来消息：5月20日那天，尚文兵在登封林场岳父家打麻将，被当场抓获，事情还没有处理。于是，县公安局决定以赌博为依据，对他实施治安拘留。像尚文兵这样，每场赌资在千元以上的聚众赌博，不属于民间娱乐。

在对尚文兵实施治安拘留的第二天，床沿上的血迹鉴定结果出来了，血液不是尚文兵的。通过对江巧巧的几根头发丝进行鉴定，床沿上的血迹和头发丝，来自同一个人。

案件侦破的斗智斗勇到了最关键的时候。

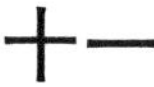

十一

办案人员把鉴定报告递给尚文兵阅读，尚文兵看也不看，高声嚷嚷着：“你们想要什么结果，就会有什么结果，鉴定结论我不看！假的！反正人不是我杀的！”

张爱辉说：“鉴定报告是第三方做出来的，不是公安局做出来的。你可以这样认为，但是法律不会采信你的胡搅蛮缠。”

“那还跟我谈什么？要杀要剐随你们便，别啰嗦了！”

分管副局长说：“有一个消息我可要告诉你，5月19日，你老婆和孩子就从上海回来了，你跟他们怎么说的，他们又是如何包庇你的，这些警方都有了证据，目前他俩就在隔壁办公室内，何去何从，你自己考虑。”

副局长并不是在诓他诈他，事实情况就是这样。

尚文兵脸上的肌肉开始跳动，狠狠地咬着牙，说："算你们狠！"

"不是我们狠，是法律无情！"副局长说。

"如果我如实交代，能不能放过我老婆孩子，不追究他们责任？"尚文兵带着哭腔问。

"视犯罪情节轻微与否而定"

"情节轻微，还是不轻微，都在你们嘴上，你们可要说话算话，凭良心做事啊。"尚文兵半信半疑地说。

"办案人员也是人，我们是代表国家办案，不是私案，绝对讲话算数。"

"你说的这些话，一定要记在笔录上。"尚文兵说。

"好。现在就记录。"

尚文兵说："5 月 18 日中午，家里就我一个人，我午饭吃得早，没到十一点钟就吃了，准备吃好饭去打麻将。也喝了酒，半斤被我喝完了，吃好饭，准备出门，忽然看到江巧巧放学回来，这丫头长得好看，我家儿子曾经追过她，结果她看不起我儿子，瞧不起我的家庭，还跟我儿子吵架。我这辈子最痛恨女人小瞧我，带着酒劲，我决定对她下手！她走到后门时，我骗她说，你妈妈买的豆腐在这儿，你进来拿一下，她就跟我进了屋，当她走到床跟前的时候，我突然抱住她，亲她的嘴，解她的裤子，她就拼命挣扎，大声哭叫，我狠狠打了几巴掌，她鼻子出血了，最后，我就侮辱了她。她一直在哭，哭得特别伤心，口口声声说要告我，我就死死掐着她的脖子，后来她就断气了。"

"后来呢？"

"当天晚上，夜里下两点的时候，我在院子里挖了一个大坑，准备把她埋在院子里，后来想想这样做晦气，就放弃了。就把她装在我卖豆腐的三轮车子里，我把自已头部包裹得严严实实，只露两只眼，车子开到登封林场，我把她扔到那口枯井里去了。"

"你怎么会知道，那里有枯井呢？"

"我岳父住在那儿，我经常去打麻将，知道有这口井。"

"江巧巧的哭叫声，邻居没有听到吗？"

“只有一个邻居跟我家住得近。傍晚他遇到我，问中午怎么有哭叫声，我说是电视剧上面的，他也就不多问了。”

张爱辉和副局长气得脸色涨红了。

“1992年你第一个老婆，是自杀，还是你杀的？”

尚文兵沉默了一会儿，说：“反正我是活不成了，干脆痛痛快快说吧！小王也是死在我手里。那天晚上我想跟她那个，她不干，嫌我丑，我气得一棍子把她打死了，打失手了，连夜扔到变电所井里。”

“你真有本事，居然这些年逍遥法外！可是，法网恢恢，你只能逃脱一时，逃脱不了一辈子。”张爱辉说。

这天的夕阳红得有些怪异，似乎滴着血。尚文兵戴着手铐、脚镣，在公安人员的押送下，到登封林场那一口枯井内指认尸体。在尸体出井口的那一刻，围观的群众山呼海啸般的声音响起：“把这个畜生千刀万剐！”“打死这个龟孙子！”“枪毙十次都不解恨！”几十名警察把尚文兵护在中间，却无法前行，面对义愤填膺的老百姓，尚文兵不由得腿一软，一下子瘫在地上，头叩在青石板上，发出闷重的声音……

桥头塘的雾

那个柳絮飘摇的春天，刘海提着竹笼在水塘周围钓黄鳝，桥头塘方向突然传来女孩呼救声，原来是放鹅女孩掉进塘里了，他容不得多想，丢下竹笼往前跑，一头扎下水去，托起女孩。

女孩一脸感激地看着刘海，说："多谢了，要不是你，恐怕……"

刘海轻松地笑了："换了别人也会救你的。"

他俩都住在肥东县桥头集大王庄，共一口水井，用一个碾磨，女孩叫蔡花。蔡花爹跟刘海爹不知道什么原因，十多年里都只见面不讲话。大人不讲话，孩子也不给讲话，所以长到 15 岁，蔡花是第一次跟刘海说话。

蔡花真漂亮！刘海偷看着，心莫名其妙地狂跳起来。

那一阵子，蔡花在哪儿放鹅，刘海的身影就出现在哪儿。一起挑鹅草，一起玩"老虎吃小孩"，一起玩"石头剪刀布"，田野里不时响起"咯咯"的笑声，三月的乡村就多了一份灵动，两人一天不见面，心里就空落落的。

孩子的世界是清纯的。成年人的眼光，就多了一份世俗。

一天傍晚，蔡花爹跑到刘海家大声嚷嚷："刘海你可管了？你不管，我管，我早晚打断他的腿！"

原来，蔡花爹亲眼看见刘海拉女儿的手。

刘海爹迟疑了一下，说："我管！一定管！"

两个大男人十多年来，第一次站在几米开外的地方，喊着对话。

当天晚上，村东头、村西头两家分别传出孩子的哭叫声。

是个秋天，那个上午风刮得特别大，满地落叶打着滚，卷起的沙尘打在人的脸上火辣辣地疼。随着吹吹打打的喇叭号子声，噼里啪啦的爆竹声，一大群人拥着蔡花走出庄子。刘海像掉了魂一样地往跟前跑，却被爹追上，被死死摁在原地。刘海哭了，他说："我要看蔡花一眼，就看一眼，看过就回头！"爹喘着气说："儿，你到跟前，人家会打你的！"望着脸色憋得青紫的儿子，爹的眼泪也扑簌簌流下来。心里想，老子作孽儿遭殃啊。

蔡花娘跟刘海爹是远门表亲，虽门庭差别大——蔡花外祖父家有 500 亩土地和 30 名长工，刘海爷爷仅有 8 亩自耕地，但两家互有走动，心不热眼热。只是刘海爹在蔡花娘拜堂的头一天夜里，带蔡花娘私奔，半路上被抓了回来，让刘海爹与蔡花爹结下了梁子。

这个插曲刘海爹从未对儿子说过。所以，刘海就一直想不通：为什么蔡花爹宁愿把蔡花嫁给镇上 60 岁的老士绅，都不嫁给我?

刘海越是闹不明白，就越不想成家，说媒的人走了一茬又一茬，他就是不松口："等我哪天弄明白了，我再找婆娘不迟。"

谁也没想到，蔡花嫁给老士绅的第二年，老士绅突然死了，还死在蔡花身上。老士绅的大老婆不知是为了羞辱蔡花，还是为了替死者申冤，大张旗鼓地报了案，要求彻查蔡花，折腾了几个月，没有查出子丑寅卯来，但蔡花的名声却臭了几十里地。

有人说，蔡花漂亮是漂亮，但她是扫帚星，专荒男人。

刘海心想："她荒遍了所有男人，也不会荒我。"

有男人抬杠："她即便不是扫帚星，谁也娶不来呀，人家是大户人家，不给改嫁。"

刘海说："我才不管她大户小户呢！天要下雨，娘要嫁人！"

刘海隔三岔五地跑到集镇上去，在蔡花家的深宅大院前如没头苍蝇一般地瞎晃悠，一天又一天，那天下午终于撞见了。

此时，蔡花迈着碎步从大门出来，准备到裁缝铺做衣服，一眼就看见了左右徘徊的刘海，刘海几步走上前，握住蔡花的右胳膊，被随后来的家丁瞧见，家丁狗仗人势，上前就要动武，被蔡花扬手拦住："这是我表哥，不准动他！"

“表哥也不行，男女授受不亲！”家丁瞪着眼。

蔡花一步三回头地走了，刘海眼巴巴地望着她，直到看不见身影……

那年秋天，一拨又一拨扛着步枪的解放军进驻村庄，有田有地的那些地主如惊弓之鸟。不几日，蔡花大大方方地回到了桥头镇大王庄。

刘海爹禁不住儿子的软缠硬磨，答应腆着老脸去蔡花家提亲，不管对方给不给面子，自己也豁出去了。

蔡花爹一边剔着牙，一边望着房顶说：“新社会新时代，随两个孩子吧，他们死活不分开，我还能说什么呢，同意！”

按双方父母的意见，蔡花穿一套新衣服，抱一床棉被，直接住到男方家就算结婚了。刘海不同意，他说：“我日想夜盼一千多天，为的就是娶到蔡花，我要风风光光地办喜事，要喇叭鼓手一起上，摆流水席。”

父母只得依着刘海。这些年来，刘海没日没夜地劳作，这次铺张一点，也是应该的。

婚后的生活如同蜜枣里面加了糖，甜上加蜜。日出而起，日落而息，说不完的话题，唱不尽的民歌，整个村庄都被喜庆笼罩着。

蔡花真的兑现了新婚之夜的心愿：“刘海，我要给你生一堆的娃，床头床尾都是娃。”

几年间，四个孩子下地。

就在第五个孩子分娩的那个深夜，伴随着呼啸的东北风，一场茫茫大雪席卷江淮大地。那一年，春旱、秋涝，全年几乎没有收成，庄稼不收当年穷，全家老少八张嘴呢，乡邻都穷在一块了，谁家也没有多余的粮食，向谁借粮啊。于是，刘海借了一件皮衣，消失在茫茫的夜色中，他要到桥头塘挖莲藕。

桥头塘的水面归县水电局管，因为栽了莲藕，怕人偷，就成天有人巡逻。刘海心里想，大雪天怕是没人看管了吧？就是有人看管，逮到了，大不了空手走人。

他下了塘，弓着腰，在淤泥内小心地摸索着，一根，两根，三根……就在竹笼快要装满莲藕的时候，他鼻子一酸，猛地喷出一个喷嚏，这一打，喷嚏接二连三被诱导出来，远处，有几个摇晃的电筒在急速奔跑。

不好，惊动人了！刘海想。急忙走上岸，这才发现，下半身湿透了，皮衣漏水！

刘海在岸上还没有站稳，就被几个壮汉劈头盖脸一阵拳脚。这些人打着，骂着，什么难听的话都骂出来了，打完了，掐着脖子带走。

天大亮后，刘海被几个荷枪实弹的民兵押着，胸前挂上“偷窃犯刘海”的大牌子在集镇上游街示众，人们指指点点，喊叫着：“蔡花的男人，蔡花的男人！”刘海只当狗放屁，心里想，眼红了吧？气死你！

为了记住这件事，刘海给第五个孩子起名叫莲藕。

说实在的，蔡花干事泼辣利索不假，通情达理不错，但不是小鸟依人型的女性，她火爆的性格一旦被引发，全家老少都得屏住呼吸，她有时甚至用手掌打刘海宽宽的肩膀，刘海这时就笑着说：“挠痒，哈哈，挠痒，继续挠呀，带点儿劲！”人们都奇怪，这个血性男儿在婆娘面前怎么就成软蛋了，一物降一物，石膏点豆腐啊！

时光的大圆盘一转，几十年过去了。

也许老话说得对：人是三节草，不知哪节好。那年初冬的一天早晨，沟塘上弥漫了薄薄的雾，被孩子们喊着奶奶的蔡花从菜园地择菜回来，走到桥头塘埂上，一不留神脚下打滑，重重摔在地上，左胳膊左腿都折了，骨科医生给她打上石膏带，让她静养，谁知这一静养就再也没能站起来，人还患了老年痴呆症，挺严重的。

卧床这些年来，洗脸，喂饭，换尿布，都由刘海操作，女儿和儿媳妇们要求尽孝，被刘海婉拒。蔡花会在神志不清的时候，把尿布内的大便抓出来，涂得满床满墙都是，于是房屋内便飘荡着臭烘烘的气息，这时刘海也急，也皱眉头，甚至说几句牢骚话，但是等战场打扫结束，他又恢复了笑脸，问：“蔡花，你可知道我是谁呀？”蔡花说：“你是莲藕，我的小五子！”刘海说：“你说错了，我是你男人刘海呀。”蔡花回答：“哦，我想起来了，你就是那个桥头塘救我的人，我男人……”每当这时，刘海眼里就蓄满了泪。

刘海满以为这样护理，蔡花就会一直活下去，谁想到 7 年后的一个夜晚，蔡花因心肌梗死走了，刘海摇晃着她的身子哭得地动山摇。人们就劝他，蔡花走了，不拖累人了，你也轻松了。刘海噙着泪花说：“说啥呢？这是上天成全咱俩！她是个闲不住的人，要不是卧床 7 年，我哪有机会这么完整地跟她分秒不离？蔡花，说定啦，来生咱们俩还做夫妻！”

最后一个通告

一

按照主办方的设想，这次山南小小说学会举办的小小说比赛是最公平的，程序严密，透明公开，终评委档次高，应该能轻松获得一片叫好声，可事实上并非如此，从比赛一开始，到最终确定获奖人员，其过程一波三折，比许多参赛小小说的故事情节要更新奇得多。

这次比赛，是由山南小小说学会与建筑有限公司联合举办的，冠名“风采杯全国小小说大赛”，设立一等奖 2 名，奖金 2000 元，二等奖 5 名，奖金 1000 元，三等奖 10 名，奖金 500 元，优秀奖 30 名，发荣誉证书。所有获奖作品结集出版。

这个比赛是在网络上公开贴稿，除了终评委打分这个环节，其他所有环节都在网上进行，透明化是显而易见的。

也正是因为过于透明了，读者们才容易看到里面的问题，相反，终评打分，打分后的统分，统分后名次的确定，这些不给人看的环节，这些决定参赛作品命运的环节，倒像是被所有人忽略。好像参赛者关注的只是过程，不是结果。

中国人，喜欢在细枝末梢上过于较真，大家都知道的，但是大家都还重复着、延续着、模仿着，这便有了下面的故事，故事不猎奇，但好看，真的好看，不骗你。

山南小小说学会，是在山南县民政部门登记的学会，从性质上讲，属于县一级学会。为了把品牌打得响亮一些，就要开展文学活动，活动的规模越大，档次越高，越容易一炮打响。学会会长丁波找到高中同学汪凯，要求联办一次文学活动，或者是文学采风，或者是征文比赛，精明的汪凯掰着手指头一算，觉得采风太花钱，没有几十万搞不定，还迎来送往的，太烦琐，太麻烦，不能干。于是就同意搞一次全国小小说征文比赛，赞助经费 10 万元。他只出钱，不管事，只有一条，要求参赛作品要含有“风采”元素，否则，不能进入等次奖，最多只能进入优秀奖，无论作品多么优秀。还有一条就是，一等奖和二等奖的人选由汪凯最终确定。

汪凯不懂文学，他的这些做法纯属商业运作的套路，其实是不合理的，也是荒谬的，丁波委婉地劝了几次，没有效果，就硬着头皮答应了，先把活动办起来再说。

筹备活动紧锣密鼓地开展了。初评委 14 人，每周值班 1 天，2 人一班，负责参赛作品的编号、回复、高亮、加精，各司其职，相互配合；征文时间为 4 个月，每月由初评委对当月精华作品统一打分，从中评出前 10 名，进入终评；初评委可以用个人身份参赛，但不可以对自己的作品高亮、加精、打分；终评委 7 人，由丁波和 6 名具有中国作家协会会员身份的省内外作家组成；为了便于初评委随时沟通交流，建立“风采杯全国小小说大赛”初评委微信群；为了扩大影响，建立“风采杯全国小小说大赛”参赛作者交流群。

好戏就要开场。

二

小小说网原本是一名企业老总出资筹建的，红火了一段不短的时间，最近几年企业老总的公司出了点儿问题，需要“输血”，更需要“造血”，就顾不上这网站了。网站一段时间没专人管理，乱发广告帖子的，在网站发帖子骂阵的，一时间把网站弄得乌烟瘴气，差点儿被关停。丁波跟这企业老总一起参加过一次文学联谊会，相互留过手机号码，所以，丁波一讲到利用“小小说网”举办全国小小说大赛，老总就答应了，并且很高兴，说，这是救了他的急，要不然，这网站不是被关停，也是要被乌七八糟的帖子熏死掉。

丁波安排了2名正规的网站管理员，一个负责早上6点到晚上6点，一个负责晚6点到晚上12点，晚上12点以后，网站被设置成无法自动发帖和跟帖，防止晚上12点以后，黄、赌、毒以及邪恶、反动的内容侵入网站。

《“风采杯”全国小小说大赛征文启事》在数十家网站、微信平台和公众号发出。启事中的16个字很让参赛者舒心：不厚名家，不薄新人，一视同仁，赛出公平。这些年来，哪一个作家和文学爱好者没有参加过文学比赛？哪一次比赛，又不是让人满怀信心而去，又载着失望、沮丧和不满而回呢？用康康的话来说就是：许多比赛，一二等奖都是内定的，不信，你搜索一下获得一二等奖的作者，不是官员，就是关系户；许多比赛，等次奖都是本地作者的，这叫肥水不流外人田；许多比赛，只要一等奖达到5000元以上的，劝你不要参加，大腕云集，参加也没有你的份儿。毛毛虫讲得更离奇，去年某某公司冠名的小小说大赛，征文启事上的截止日期为6月30日，结果提前10天就把参赛作品交给终评委打分了，他不知就里，在6月22日写了2篇投过去，不了了之；前年，某酒业有限公司，跟2家文学协会联办小小说比赛，他写了一篇投过去，居然在200篇的入围奖名单中都没有自己的作品！后来才知道，2家协会各自从收稿邮箱中，找出自家协会的会员作品，拿出初步意见，交终评委最终定夺；剩下的作品，由酒业有限公司在邮箱中挑选稿件，凡自家公司人员，作品中含有酒业公司元素的，均挑出来，交终评委最终定夺；其他作品，就永不得见天日了。

康康、毛毛虫，是这次“风采杯”小小说的初评委，他们的切肤之痛，有可能会成为参赛者的福音，他们把守着第一道门槛，这门槛至关重要。

开赛第一天，网站迎来了最近3年来从未有过的热闹，参赛作品达到98篇，网站浏览人数1220人。

这些参赛作品，绝大部分不含“风采”元素，少部分含有“风采”元素的，也显得很生硬，甚至很别扭，比如，有的作者文章写到“迷人的风采”“风采依旧”“军人的风采”“血染的风采”，其实跟整个主题毫无关联，格调上也不吻合，生生破坏了这篇文章应有的色彩，也就是说，要是不画蛇添足地写上“风采”字眼，这篇小小说还过得去，写上了，反而太刺眼。所以，这98篇作品，高亮的21篇，加精的2篇，也就不奇怪了。

第二天，参赛热度不减，发参赛作品101篇，网站浏览人数1300人。

与前一天不同的是，有50篇作品高亮，24篇作品加精。值班版主是康康和毛毛虫。

按照规定，每一篇参赛作品后面必须要附有地址、电话、邮编、QQ号、微信号等基本信息，否则，将被视为无效作品，如此，也等于增加了一层透明度，初评委与参赛者是否沾亲带故，基本上能够看得出来。

网站上，初评委的值班日被置顶。非值班初评委，原则上不能对作品进行高亮、加精，当然，如果初评委真的加精了、高亮了，也可以，但读者的眼睛是雪亮的。

这样一来，作者盯着初评委值班表决定哪一天贴稿，就显得尤为重要。

康康和毛毛虫都有微信公众号，微信好友多得出奇。事实上，这两个活宝，也是指望这些微信好友支撑着微信公众号呢。

昨晚，两个人都没闲着，何止没闲着，简直是累得一塌糊涂，比春节、中秋节都忙。

康康坐在电脑旁，一边喝着柠檬茶，一边吃蛋糕，嘴里不清不楚地哼着歌，一脸的悠闲自得。周六嘛，又是晚上，能有什么事呢。可是还没到20点，微信里的人开始蠢蠢欲动，一条条信息发过来，大意都是“明天是你值班，我准备贴一篇小小说参赛，请多关照。”“好久不见，没有停止挂念，明天我有参赛稿，请指教、关注，谢谢啦。”她就千篇一律地回复：“谢谢赐稿，我会认真阅读。”对方就穷追不舍：“认真阅读是不够的，我要加精哦。”康康回复：“真笨。”后面跟上一个微笑。康康一直聊到23点，实在撑不住了，就群发：“各位亲人，我要睡觉觉了，明天见！”这才安静下来。

毛毛虫是位男士，是一家律师事务所的执业律师。微信平台也好，微信群和 QQ 群也好，都是他推广律师业务的营销手段，但他是理性的人，不是容易激动和感动的人，所以，想跟他套近乎，除非是现场交易，一手交钱，一手交货，否则，他是不吃那一套的。当然，律师也常被人们认为多是人精，他不会接受你的套近乎，不会答应为你做什么，他会回答得天衣无缝，让你气不得、恼不得、恨不得。

他跟康康遇到了类似的情况，让他对第二天的作品进行“关照”“指导”“关注”的留言，让他不胜其烦，但他不表露，他 15 个字就把几十个留言化解了：“知道。尽量。我在忙，以后聊。”然后，四仰八叉地躺在床上，听歌。

三

昨晚下了一场小雨，山南县城的清晨就多了一份翠绿和清新，绿化道上的各类花草，一夜之间喝饱了油似的，在明亮的太阳光下，伸长了脖子。

丁波开着黑色的帕萨特轿车，汇集到流水般的车辆中。

第二天的参赛作品，突然高亮、加精了那么多，是丁波没有想到的，身为县文联的副主席、作家协会主席，好歹在行政上摸爬滚打这些年，这点小把戏，他是一眼就看出来了，但他暂时不能点破，点破了，后面还有几个月呢，以后怎么相处呢。

昨天晚上的文友参赛群，没有出现丁波预料的那种局面，他原来认为群内会炸开锅的，结果没有。有人说，今天精华作品和高亮作品真多，咱羡慕但不嫉妒恨；有人说，看来今天高手林立，大腕云集，作品质量好，要不，怎会有如此多的高亮和精华呢？有人说，各位值班初评委的眼光不同，口味不同，对同一部作品的看法就不一样，祝贺今天的参赛作品，遇到了今天的知音。

“看来文人还是比较矜持，有素质的。这要是在武术比赛中出现这种情况，说不定会打成混合赛。”丁波想。

他决定对最近10天的参赛作品，逐篇阅读，按照自己的标准，评出好、中、差三类，然后对照初评委的加精，来悄悄考察初评委的文学素养和责任心。他深信，好的作品，如同一朵芬芳的花朵，即使各人的嗅觉不同，但都只会说它香，不会有人说它臭的；差的作品，如同一块不合格的臭豆腐，即使有个别人好这一口，夸它味道不错，绝大部分人不会说它芳香；只有一个既不香又不臭的中性物品，人们怎么认为都不为过，比如写得一般化的作品，加了精华不能算错，不加入精华更不能算错。丁波觉得这些比喻，合理中带有几分武断，客观中带有点儿荒谬，不禁哑然而笑。

他打开电脑，进入“小小说网站”，从编号为0001的作品开始阅读。

根据县效能办的文件精神，国家机关、事业单位工作人员，上班时间不允许玩微信，不允许浏览与工作性质无关的网站，否则，属于违纪，要受到批评教育乃至纪律处分。在征文启事发布之前，丁波已经向县纪委和效能办递交了文字申请，要求在征文期间，每天在办公室阅读“小小说网”，进入参赛作者群和大赛初评委群，便于掌握征文动态，随时发现问题，随时解决问题，确保赛事按照预定的目标进行。他的申请没有任何悬念地得到了批准。

上午快下班时，他阅读到了0102号，他摇摇昏沉沉的脑袋，开始思考。这些作品，总体质量不高，有的连小小说的基本要素都不具备，语言粗糙，瞎编乱造。

他想，如果今后的所有参赛作品都只在这个水平上，那么这个大赛，真的是一点意义都没有，至少编入作品集的作品，绝对要是好作品，否则，宁缺毋滥，不出书都可以。

他觉得，应该在征文启事中加入一个前提：大赛结束后，视作品质量，决定是否出版获奖作品集。

他是写中短篇小说的，小小说作品他几乎没有写过，但是，以他从初中到大学期间受的语文素养教育来判断，小小说作品不应该是这样写的。不过，那些能够成为教科书的小小说，绝对不是一般人写的，拿这些业余作者的作品跟教科书作品相比，显然也是没道理的。丁波又开始这样想。

不管怎么讲，这次比赛的质量要放在重中之重，把好质量关的前提，是入选的精华作品要合格，同时还要保证真正的小小说佳作，要入围，不能被挡在门外。

四

按照事物发展的规律来说，月无常形，水无常态，这世上没有什么东西是永恒不变的。一阵喧嚣之后，一切都归于平静。

“风采杯小小说大赛”进行到第 10 天，当日参赛作品数量就一天天减少，到了第 20 天，网站居然就只贴出了 8 篇作品。这 8 篇作品，是两个人贴的，每人 4 篇，写作手法类似于初中学生作文，还有错别字。但附在作品后面的简介牛得吓人：系国际小说学会会员，入选全球文学最大贡献奖 500 强，出版文学书籍 8 本。

20 天时间，收到参赛作品 612 篇，加入精华 51 篇，有 13 名初评委的 13 篇作品加入精华。如果再往里面统计，山南县和怀大市的作者有 31 篇作品被加精，还不够明显吗？

当然，这些情况大赛组委会不一定知道，也许就算知道一点，也在揣着明白装糊涂，得罪人的事，只有傻瓜才干！

千万别把作者当傻瓜，否则，你就是傻瓜。面对参赛作品后面的通信联络方式，有心人只需要拿出一个多小时的时间，就可统计出以上的数字。只是，人家统计出来，装在心里，不讲而已。因为，讲了也没有用，与其得罪人，不如沉默，凑巧了要是自己再写出一篇质量上乘的佳作，或许还有机会进入决赛呢。

文人们都相信格言：是金子总会发光。

大家都在考虑，如何写出一篇“金子”一样的作品。

有一个人例外，网名叫“光杆司令”，实名叫“杜邦”，退休男教师，内蒙古人，他一口气写了 22 篇参赛小小说，一篇高亮，无一篇精华，几乎全军覆没，作品被高亮是加精的前提，但只是一份“暂住证”，在几天内有加精的可能，但随着后面参赛作品的汹涌而至，这种高亮，最终丝毫意义都没有，只会被淹没在小小说的海洋里。

光杆司令空闲多，成天趴在“小小说网站”里，专门阅读被加精的作品，阅读之后，还跟在后面写读后感，开始三句话是对作品的肯定，后来的文字便是质疑和批评，他的文字犀利，刀刀见血，从语言文字到标点符号，从故事情节到整篇结构，从主题思想到写作手法，无一不论及。许多人被他弄得哭笑不得，但又不得不服，人家说到点子上了，只好双手作揖说，谢谢杜邦老师指导。有几个人很不屑，认为光杆司令是吃不到葡萄讲葡萄酸，是出于嫉妒和不满，于是展开论战，一战就是十多个回合，直到双方精疲力尽，不再哼哼为止。这时候，光杆司令就说：“跟我斗？我有 24 小时，你有多少小时？”

毛毛虫不服输，他是唯一能够坚持到底，与光杆司令浴血奋战的人，也是直呼光杆司令而不喊他杜邦老师的人。双方已经战了 71 个回合，毛毛虫的精华作品《早晚我要灭了你》，浏览量达到 5909 次，连续 16 天稳居网站热榜。光杆司令说他的作品文字怪异，不是文学作品的语言，毛毛虫回敬说，那是空灵和飘逸，文化低的人，看不懂；光杆司令说他的作品哗众取宠，文风浮躁，毛毛虫说，以你苍老之躯，怎解其中之意，还是不要遭罪了；光杆司令说他的作品格调不高，误人子弟，谁读谁上当受骗，毛毛虫做了一个表情包，后面配的文字是：六旬之人，尚且如此浅薄，建议多读本人作品，也许会有成熟之日……

光杆司令单枪匹马玩转“大风车”，给网站增添了不少活力。但他后来的举动，却让大赛多少有些灰头土脸。他花费了不知多长时间，做了如下统计：外地作者的参赛作品数量 508 篇，作品加精数量 6 篇；本市、县参赛作品数量 104 篇，作品加精数量 31 篇；备注：外地 7 篇加精作品的作者，有 3 位是中国作家协会会员，有 2 位是毛毛虫的微信好友，有 2 位是康康的微信好友。

大赛第 22 天，光杆司令被网站设置了禁言。

大赛组委会，14 名初评委，一致认为，是光杆司令的曝光，让后续参赛者对比赛失去了信任，所以，不再贴稿。换言之，若是没有光杆司令的捣乱，参赛稿必然是源源不断的。

这老头厉害，“小小说网”对他禁言，他就玩起了沙家浜第六场——转移，于是其他网站又有了他活跃的身影，他的话，大家都信，都说杜邦老师疾恶如仇，仗义执言，不怕报复，从没有讲过假话，我们支持您！

五

成段的岁月都不禁过，成节的日子过得更快，不经意间一个月溜走了。

初评委经过打分，从本月精华作品中产生了前15篇作品，进入总决赛。

丁波在初评委群发布了几条补充意见，仅限于内部了解，不得外传。其一，初评委值班日期不变，但撤下“小小说网”上的初评委值班表，严防参赛作者带有目的性地选择发稿日期；其二，每天的值班初评委，必须严格按照一人高亮一人加精的程序办，任何人不能对一篇作品一步到位；其三，初评委参赛阶段，整个加精数量不得突破3篇；其四，对外地作者要适当倾斜。

然而，无论怎么努力，每天的参赛作品还是不够踊跃，3篇、2篇，很少能达到10篇了。

半个月过去了，网站还是半死不活的。

丁波急得团团转，多次向其他地区举办过大赛的文友请教，人家都说，我们是邮箱收稿，秘密评比，跟你们不是一回事，何来经验呢？

丁波认为征文的宣传力度不够，又在网络上发布征文启事，在省报和省外报纸发布征文消息。丁波觉得，权当强心针，碰巧了，能起死回生，运气不好，随它吧！文学这玩意，说简单也简单，说复杂也复杂，看谁在操作，咱丁波写东西可以，玩外交，玩技巧，是个白丁。

丁波这次满以为老同学掏了钱，支持他搞一次小小说比赛，会给他波澜不惊的仕途注入一些清澈的成分，把头上带了15年的“副字帽”摘了，没想到适得其反，前几天领导问丁波大赛情况，口气和神态，流露出明显的不耐烦和不信任，丁波立时脸就红了，一个下午坐在椅子上打不起精神。

“百无一用是书生”，丁波想起了这句话。当年大学的同学，不少人弃文从政，在乡镇打拼，一个个成了书记、镇长，早早就坐在了正科的位子上，而他二十年来谨小慎微，尽做些提鞋拎包的事，连妻子都有点看不起他。

快下班时，他浏览了一下“小小说网”，康康又贴了一篇征文，而且还成了精华；毛毛虫也贴了一篇征文，也成了精华。康康在自己的作品后面还来了一句：“本月参赛作品稿件不多，本人再支持一篇，请文友们添砖。”毛毛虫也在自己作品后面发帖：“征文要有热度，初评委须带头，俺就献丑啦！”两个人的征文，都是初评委“易拉罐”加的精华。

丁波查看了一下上个月的加精记录，“易拉罐”的征文，也是康康和毛毛虫联手加精的。

丁波的心像被马蜂蛰了一下，他身体立时缩成了一个弓。

这天晚上，初评委群，ZZ 发了一段文字：“如果比赛弄成了近亲繁殖，如果比赛沦为少数人的狂欢，初评委就是第一个凶手，我为自己是初评委感到惭愧。”

ZZ 是唯一一位没有贴参赛作品的初评委。尽管他的小小说作品质量很棒，多次被知名选刊选用。

最先接招的是康康，她说：“哎哟喂，今天这是怎么啦？有火药味啊。”

毛毛虫随后跟上：“林子大了什么人都有，想吃枣自己打，想吃葡萄自己摘，别自己饿着肚子，还不许别人吃饭哦，哈哈。”

ZZ 说：“自家人，说话不要带刺。”

毛毛虫说：“我带刺？我的刺，是从你身上摘下来的，你看看你的那段话吧，活人都能气得死。”

ZZ 说：“我酒后乱说，我道歉。但是，我说的是实话、真话，不借助酒劲，还真说不出来呢。”

康康说：“你这意思，是我们 13 个初评委让大赛冷落了，让参赛作者投稿不踊跃了，我们十恶不赦，对吧？”

ZZ 说：“我绝对没有这个意思。我觉得，在目前参赛作品不多的情况下，咱们初评委频繁发稿，频繁加精，不合时宜，外人会说闲话的。”

易拉罐这时候冒出来了：“今天我值日，我按照规定和作品质量，对康康和毛毛虫的参赛作品进行加精，没有错吧？”

ZZ：“您没有错，我有错，我不应该不参赛。”

丁波实在忍不住了，就说：“请你们安静点，不要吵吵闹闹了！去看看光杆司令发的帖子吧。当初叫你们不要跟他计较，不要对他禁言，你们不听，逼着人家在其他地方发帖，现在人家回到‘小小说网’，贴了一篇参赛小小说，几天了，零回复，人家怎能不生气？”

光杆司令发了一篇征文《认识我》，几天了，无人问津，他就生气，在征文后面贴出：《小小说征文开门红：15篇入围作品，13篇是初评委的》，引来许多跟帖。

光杆司令的《认识我》写得很好，丁波认可，ZZ认可，其他初评委不得不认可，于是在康康和毛毛虫值班那天，一挥手，成了精华。

丁波还在群里跟大家协商："放低门槛，加大精华作品数量，可以吗？"14人异口同声说：“好！”“初评委本月和第三个月都别参赛了，最后一个月参赛，可以吗？”丁波接着提议。大家断断续续跟帖，康康和毛毛虫最后跟帖，说：“同意。”丁波总结：“大家的高风亮节我表示钦佩，当初评委是一种奉献，不是一种福利。一次比赛，获不获奖不重要，给参赛者留下什么评价，给自己塑造什么人格形象才重要。”14个人，均跟在这段话后面竖起了大拇指。

六

当最后几片树叶打着滚从树上掉下来，秋风凉的时节就到了。瑟瑟秋风今又是，一年的轮回，在光阴的隧道，就那么一瞬，比落叶的速度慢不了多少。

征文只剩下最后一个月了，参赛作品数量又多了起来。常参加征文比赛的人都知道，来稿的数量基本上都是两头粗中间细，一头一尾，稿件扎堆。

汪凯把3篇征文发到丁波的邮箱，他说，这就是当初他说过的，要确保进入一等奖和二等奖的作品。

丁波说："你让作者自己把这3篇作品贴到网上，我作为终评委，这个不能代劳。"

汪凯说："行，自己贴，不过要万无一失哦。"

丁波说："三步路不能一步走。第一步路，加精；第二步路，进入月度前15名；第三步路，7名终评委都要欣赏这3篇作品才行。"

"乖乖，这么麻烦？当初你要是这么讲，也许我还不赞助了呢。"汪凯说。

"当初你又没有问我征文程序，不怪我吧？哈哈。"丁波打着哈哈。

"好好，你看着办吧。到时候要是这3人不能获奖，剩下的6万块，我就不给了。"

"你敢！"丁波说。

讲归讲，事情还得做，这三个人的作品，丁波做了安排，选择在康康和毛毛虫值日的那天，一起加精。

最后一个月，14位初评委铆足劲儿往前冲，一人贴了一篇参赛小小说，万一进入终评，又多了一份保险系数，大家都这么想。

31日很快就要到了，最后的几天，气氛突然沉闷起来，仿佛只要点燃一根火柴，就能引爆气压很低的空气。

连续多日，初评委群内悄无声。丁波偶尔在群内发红包，也钓不出多少人气来。

说起来也是，这14位初评委，除了在本市本县多少有点儿名气，跑到他人地盘，是没有几个人认识他们的。没有名气，参加各类文学大赛，只能是碰运气，就像是河里的几粒沙子相遇，必然小于偶然，谁又没得过什么奖呢？这次家乡举办一次全国性征文，是一次机会，怎能放过呢？说一句难听的话，当初答应当这个初评委，一分钱报酬都没有，图什么呢？就是图个近水楼台。

这句难听的话是毛毛虫说的，他不止一次地在律师事务所同事面前这样说过。有时候为了表达得形象生动一点，他又做了比喻：苍蝇趴在锅台上，是恋着锅台吗？不！是为了吃锅巴。

最后一个月的15篇入围作品产生，初评委的14篇作品，只有5篇入围，这在丁波的意料之中。最后一个月，谁也不指望谁做点什么了，那就公事公办，所以，这才是真实的分数，与人情无关，与交换无关。

汪凯在意的那三篇作品，有2篇入围，这也是石头砸石磙——实打实的。汪凯得了便宜还卖乖，说："我再给你增加1个获奖名额，干脆把落选的那篇选上吧。"丁波说："那怎么行？再增加10个获奖名额，也轮不上那篇作品入围。"

60篇入围作品，隐去姓名和地址，发给了另外6名终评委。

总分还没有出来，丁波的电话就接连不断地响起来。参加工作这些年，从来没有一个人求过他，这次，有了。领导、同事、同学、熟人，排成了一支杂乱无序的说情队伍。他谦卑而又含糊地回答他们："7票，其他6票我无法掌控，但是我可以掌控好我这一票。"对方说："不为难，尽力就可。"

整个分数汇集结束的那天，丁波一天里忙得就像丢了魂一样，他的心揪得紧紧的，大脑快要爆炸了，这些说情的人，他们期望值都押在等次奖上，优秀奖他们根本看不上，而三等奖以上的名次就那几个，哪怕局外人一个都不要，也不够这些说情者分的。

丁波也懂，就那几个等次奖名额，万不得已，他可以权衡一下，送给最得罪不起的那几个人，包括赞助商汪凯。不是要透明度吗？不是要实行网上公布吗？这些都是程序，程序再好，也得服从结果。他完全可以让自己的评分畸高畸低，85分至98分之间随便给，想让谁获得等次奖，谁就可以获得等次奖。比赛经验告诉人们，名次之间的分数差，往往就在于零点几分，甚至零点零几分，仅仅毫厘之差。

采用"累加式"打分方式，完全可以随心所欲地定名次。但地球人都知道，这种方式不地道。

如果采取"去掉一个最低分，去掉一个最高分"，然后除以5的"舍去式"打分，最规矩，也最公正。因为，畸高畸低的分数，都将被舍去。

征文启事中并没有规定，终评是采用“舍去式”打分，还是“累加式”打分，权力掌握在丁波手里，他采用任何方式都不算错。

丁波也想到了在公布分数时，不展示每一位评委的分数，而是笼统地在获奖者名单后面标注总分，分数上做点儿人情，谁也不知道。而且，按照征文启事的规定，这种“笼统式”分数公布，也不违规。

丁波从记忆中打捞出了他 9 岁那年的故事。是个秋天，八月十五晚上，圆圆的月亮挂在天幕上，他和小伙伴们“摸秋”，3 个村民组的孩子们都在老河湾附近扒山芋，摘毛豆，人多，现场乱，怕东西弄混了，他就负责看护。小伙伴散去之后，他偷偷返回山芋地，把私藏的 3 个山芋带回家。

伙伴们信任他，他却动了歪心。分东西时，表面上山芋、毛豆都一个不少，其实被动了手脚。“笼统式”分数公布，与此有什么区别呢?

“累加式”，“舍去式”，“笼统式”……过电影一样，在丁波脑海跑过。

快到凌晨2点了，丁波还没有一点睡意，他干脆披衣下床，来到走廊上。夜幕下的远处景物，此刻显得含混不清，楼下的冬青和梅花，也缺乏了白天的清丽和明亮，他突然下定决心似的拍了一下大腿，走到书房内，打开电脑，发布了具有决定性意义的分数通告，这是他掌握大赛主办权以来的最后一个通告。

王大壮的最后请求

王大壮昨夜几乎没睡，一大早起来眼睛红红的，走起路来一点精神都没有。

他担心的事情终于还是来了：派出所要辞退他。吴所长昨天下午找他谈话，他闷头一个劲地抽烟，没有提出任何要求。他知道县公安局局长都只能干到六十岁，而他已经六十六岁啦。

他是一名合同工，以前叫临时工，有趣的是，他这名临时工居然在国家机关待了几十年，比有些正式工待的时间都长。

太阳刚从东方爬出地平线，王大壮就在院子里背着手转悠，这里的一草一木，一砖一瓦，是如此的亲切，又是那么的遥远。

28 岁那年，他从部队退伍回到农村，昔日的警卫连班长一下子没有了奋斗的方向。正当他苦闷的时候，镇上工商所招聘协管员，他毫无悬念地被录用了，所里只有 3 个人：所长，副所长，他。他是这里的顶梁柱，动力气活、得罪人的事大多由他出面，那时候执法不规范，不存在临时工无权执法的事，他也就大大咧咧，天不怕地不怕地执法。一次，本镇一家最红火的食品厂用霉变的面粉生产月饼，事后引起许多人食物中毒，群众跑到镇政府反映，没人搭理，于是跑到工商所投诉，所长副所长哼哼唧唧也不表态，任群众在所里大喊大叫，王大壮头脑一热跑到这家食品厂，弄来样品，送检，检验结论是霉变食品。于是封存了所有月饼，并要求所长对该食品厂予以经济处罚。

这下可戳了马蜂窝，食品厂老总跑到县政府喊冤叫屈，要求解除与当地政府的合作协议，把全厂迁回老家浙江。

县政府与食品厂的合作协议未解除，王大壮却被解雇了，理由是执法不当。

王大壮是含着微笑离开工商所的，心里想：当官不为民做主，不如回家卖红薯，大不了继续种我的二亩地！

镇上派出所的姜所长当初跟王大壮是一个部队的，虽说不是一期兵，但脸不热心热，他知道王大壮有过硬的擒拿技术，于是招聘他为治安员，协助干警抓捕犯人，巡逻放哨。这期间，王大壮多次负伤，多次被评为优秀治安员，但是他转正的事，却一次次搁浅。姜所长拍拍王大壮伤痕累累的背，含着泪说："兄弟呀，眼看你就到 40 岁了，这年龄几乎没有转正的可能了，一月几百块钱工资只能糊口不能养家，回去吧，所里补助你一万块钱，你在镇上做点小生意，比在这儿强。"

王大壮的脸突然红了，说："姜所长嫌我年龄大了，想撵我走？如果是这样，我现在就走，所里的补助费我分文不要。"

姜所长说："好，好，算我多嘴，你留下继续战斗！"

谁知这年冬天，王大壮遇上那个事了呢。

那天晚上，派出所抓来十多个吸毒人员，人多，手铐不够用，有几个人就没有严格控制着，一个嚷着要小便的年轻人，走近院墙时突然一个跃身逃了出去，王大壮随后也翻过墙头，追赶过程中王大壮被逃犯捡起的石头袭击，下颌骨粉碎性骨折，他忍着剧痛生擒了逃犯，乖乖，原来是毒枭！

姜所长调走，马所长继任，姜所长离开所里的那天晚上，跟王大壮结结实实地喝了一次酒，两人都醉了，两个大男人抱在一起哭得稀里哗啦。

王大壮 50 岁那年冬天，马所长单独请王大壮喝了一顿酒，喝酒的时候马所长说，由于年龄问题，县局决定让您离开治安岗位，您在所里食堂忙忙，活轻，也没有危险。

王大壮转过身，说："所长，别说了，我要喝酒！拿酒！"

马所长一把拉住他的手："哥，我的亲哥，你不同意可以，酒就别喝了。"

王大壮用手在脸上抹了一把，眼睛亮晶晶的，沉默了半晌才说："我是军人出身，服从命令，明天我就到食堂去！"

可谁能知道呢，那个晚上王大壮关着灯，坐在床沿抽了一夜的烟，烟屁股扔得满地都是。

有人说王大壮是官迷子，祖宗八代没见过官，治安员这个角色算什么？还恋恋不舍；有人说王大壮头脑搭错线了，跟他一起退伍的农村兵在街上摆一个摊点，也挣了几十万元，他倒好，一万元存款都没有；还有人说，王大壮不抓人身上发痒，你看，他到了食堂以后还多管闲事，几次追赶已经逃脱的犯罪嫌疑人……

暂且放下别人对王大壮的评价，让我们把目光转向王大壮吧。此时，在派出所院子里转了几个小时的王大壮，身穿警服，迈着坚定的步子走进吴所长办公室，说："所长，你昨天找我谈话，问我有啥要求，我现在请求：让我穿旧式警服戴旧式警帽，站在咱们派出所门前照一张相，我百年之后，照片陪我……"

吴所长眼睛湿润了，"啪"的一个立正，右手敬了一个最标准的军礼。

公诉案件

一

姚尚七被几名警察带上警车时，已经是上午 10 点多钟，日头爬得老高了。他转身看了一下大地派出所门口，几辆警车都停在这儿，不一会儿，有人在他后面陆陆续续出来，跟他一样，都进了警车，包括他的妻子林果，还有其他十多个亲戚朋友。

警车在路上飞快地跑着，姚尚七的大脑也在飞快地旋转。

昨天下午 5 点左右，有人打电话给他，说温江出现在振兴小区 6 号楼 205 室，也就是温江的家中。这家伙，年龄不大，手大，几十万块钱不到一个月就花干用尽，这一年来，除了从姚尚七手里借了 210 万元，还从其他人手里借过钱，累计欠债 600 多万元。去年，人们跟后面追债，追急了，温江曾跑到外地过了一个月，今年故伎重演，不仅自己躲起来，爸妈也跟着玩起了失踪。打他电话，要么不接，要么关机，十多个债主整天急得像热锅上的蚂蚁，发誓：一旦发现他，就活剥了他！当然，这是气话，在这个法制非常健全的直辖市，任何违法行为都必然是要被追究的。

姚尚七又把温江回到海市的消息，分别告诉了几个人，几个人又告诉了另外几个，于是，半个小时以后，十几辆轿车汇集在温江的楼下。

姚尚七大步流星地赶到温江家的时候，屋子里已经来了好几个债主，堵着门，好像怕温江一家人跑了。姚尚七走到温江跟前，骂了声“你不是跑了吗？”扬了一下右手，似乎想打他，温江可怜巴巴地一躲闪，跑到他爸爸身边，温江爸爸和妈妈，立即护住了这个宝贝儿子。

温江妈这时从裤口袋掏出几沓一百元面值的钞票，悄悄往儿子裤子口袋里面塞，不料被姚尚七发现了，他快速地跑过去，劈手夺过这几沓钱，装进自己裤子口袋。

温江爸爸上前想夺回这笔钱，被姚尚七用力一推，当即倒在地上，再也不起来，大喊：“打人了！抢劫了！没有王法了！”温江妈用手点着姚尚七的鼻子，骂他野蛮，没有教养。温江躲进一个角落，报警，说有人在他家抢劫。

债主们陆续进了屋子，见到这个场景，愣愣的，一时间感觉无处下手。

时间不长，大概几分钟后，几名警察进屋。这个国际化大都市，进入21世纪以来就规定，对于公民的报警，务必要在最短时间之内到场，否则，算是不尽责。

警察出示了警官证，表明自己身份，然后要求姚尚七到派出所配合调查，在场的其他几名男人，也被带进警车。

西天边的夕阳懒洋洋的，慢慢往下坠，快要掉进地平线了。

几辆警车，在大地派出所门前停下，车上的人全都一起进了派出所。

派出所门外围了不少人，除了债主，还有债主的亲属，叽叽喳喳的，都在骂温江不是人，说他借钱的时候恨不得都要下跪，说自己是海市居民，房屋拆迁补偿的三套房子很快就要到手，一旦到手，就变卖一套，还账。结果，房屋到手了，人却躲起来了。

天擦黑时，警车去把温江、温江的爸妈、温江的女朋友一起带过来。

询问到下半夜的时候，一辆警车从派出所大院内开出来，姚尚七的老婆林果一眼看到了坐在副驾驶位子上的温江，就跑到自己车子上，发动车子，跟在警车后面。她的跟随瞬间提醒了其他债权人，于是，车子纷纷发动起来，一个长蛇阵，在高速公路上摆开。

前面的警车早就看到了后面跟踪的车辆，加大了油门，想甩开他们，但是，无论警车跑得多快，后面的车子总能跟得上，保持几十米的距离。

警车驾驶员意识到情况不妙，为了防止出现意外，又折回头，回到派出所。

派出所询问仍在进行。

几名警察趴在电脑旁，正在看一段录像视频，从姚尚七等人跨进温江家的那一刻起，所有的语言和动作，都被录在里面。

视频是温江的女朋友偷拍的，她的上衣内藏有针孔摄像头。

派出所决定第二次送温江一家人回去。

三辆警车同行，警灯打开，闪烁着。

林果等人，再一次跟在警车后面。他们心里想：跟在警车后面，应该不犯法，不跟在后面，万一温江一家人跑了，借的钱这辈子别想要到手了！

然而，林果做梦也没有想到，这次尾随，竟然对案件的定性起了决定性的作用。这是后话。

三辆警车跑到半道上，突然兵分三路，林果等人顿时傻了眼，只好跟在通往温江家去的那辆车后面。到了温江家的小区，警车停了，林果跑过去，伸头看看警车，里面只有一名司机和一名警察。

“上当了！”所有尾随的人几乎同时说出这句话。

警车返回，大家也返回，这时，东方地平线上一轮红日冉冉升起，新的一天开始了。警车开进派出所院子，才停下，姚尚七等人被警察带出门。就在姚尚七即将收回环顾的目光那一刻，看见两名女警察正夹着林果的胳膊走向警车，其他尾随车辆的人，也被塞进了警车。

姚尚七痛苦地闭上眼睛，心里想，事情闹大了！

二

姚尚七乘坐的警车是准备开往区公安分局的，开到中途突然掉头，原路返回。

其他警车继续往区公安分局的方向去。

车经过大地派出所，并没有要停下的意思，而是转向右侧的中山路，直接到乌苏里小区，在7号楼103室两间棋牌室门前停下。

这是姚尚七开设的棋牌室。

警察把姚尚七带下车，让他提供房门钥匙。然后，打开门。

几名警察开始对房间进行仔细寻找。

没有找到预想中的凶器、枪支等物证。警察就问："你的匕首和刀具藏在哪里？"

姚尚七说："排排场场的住家，哪有这些东西？没有！"

警察认真地打量了一会儿姚尚七，半信半疑地上了车。

天已经大亮了，路上的车辆和行人开始多起来，以往这个时候，姚尚七还正在睡大觉，今天却坐在警车上，世事不可预料啊。

车到了区公安分局，姚尚七被带进了一间审讯室。两名警官，一个问话，一个记录。

警察问："是否知道为什么被传唤到区公安分局？"

姚尚七说："不知道。"

警察提示道："昨天下午5点多钟，你在干什么？"

"我在向温江催要借款。"

"有没有抢劫温江母亲的三万元钱？"警察问。

"不是抢劫，那是他还我三万元钱。"姚尚七申辩说。

警察转换话题，问："你和你的手下，有没有对温江实施过非法拘禁？"

"没有。"

"那温江为什么几次报警，说你和你的手下，把他拘禁在乌苏里小区103室棋牌室？"警察说。

"报警是他的自由，反正我没有拘禁过他，也不存在我的手下拘禁他，我没有手下。"

"赵大鹏你是否认识？"

姚尚七说："认识，他是我的朋友。"

"外号叫'先生'的，你是否认识？"警察一边翻看卷宗材料，一边问。

“认识，他是我内弟。”

“外号叫‘腊狗子’的，你认识吗？”

“认识，他是我的朋友。”

“什么朋友？”警察追问道。

“朋友就是朋友，合得来的朋友。”姚尚七觉得警察的问话有些刻意的成分。

“你要端正态度，如实交代你的犯罪事实，争取宽大处理。”警察表情严肃起来。

“我一直都在端正态度。”

警察就这样一直问，不停地问，五六位警察轮流问，一直问到下午5时。然后出示了一份文件，上面盖有公安分局的公章，说：“姚尚七，你涉嫌非法拘禁罪和开设赌场罪，现在对你依法采取刑事拘留，这是拘留证，请你签字。”

姚尚七看了一会儿，签字。

姚尚七被带出审讯室，同时铐上手铐。

车子缓缓启动，开往迎宾大道，前方十公里处，是市第二看守所。

24小时的连续审讯，让姚尚七极度疲劳，他眼睛涩涩的，头晕乎乎的，恍若梦中。

一年前，是个秋天，几名安徽老乡在乌苏里小区租房，闲暇时，喜欢来到姚尚七的棋牌室打打小牌。棋牌室是有偿服务，半天时间收台费60元，提供茶水和水果，有时候，姚尚七家里人吃饭，玩牌的人肚子饿了，也可以一起吃，当然，这不属于服务范围，是私交范畴。安徽人热情、大方，从来不把一碗饭当一回事，哪怕只有一面之交，见面熟，都可以走进酒桌上和饭桌上。

棋牌室是一个大世界，南来北往的人都有。不久，有一个本地年轻人，叫温江，来到棋牌室，他不打牌，嫌赌资太小，没劲，他说他喜欢玩“二八杠”和“捣狗腿”，这两种赌博方式，可大可小，大的可倾家荡产。

姚尚七比较贪玩，喝酒，赌钱，他都爱好。虽说到海市十多年了，一直开棋牌室，做过土方工程，开过大排档，但两手空空，口袋没有多少钱，跟他一起来海市的，大部分人都在海市买了商品房，开了公司，把全家户口迁到海市，他还是他，十几年前租房，现在还是租房，唯一的一辆帕萨特轿车，还是按揭的。

谁不想发财呢？姚尚七梦里都想着发财。

温江的话，他听得清清楚楚，多年的江湖经验告诉他，要想挣大钱，只有开赌场，仅仅开赌场还不行，还要在里面放水，也就是放高利贷。如此，钱会翻着跟头往家里跑。于是，他开始同温江交流，问他是否有路子，是否认识赌场上的大佬。温江说："有，至少两个，都是本地人，既能赌钱，也能放钱。"

几天后，温江带来几个本地人，坐在一起，就像协商合伙做生意一样，谈了一天。

就在姚尚七紧锣密鼓，准备开赌场的时候，赵大鹏从新疆某监狱刑满释放了，他直奔海市，要跟姚尚七见面。

赵大鹏十几年前，不到二十岁，就喜欢跟在姚尚七后面到处转悠，后来因为在海市抢劫，被判刑 11 年。

赵大鹏的到来，让姚尚七兴奋得浑身发抖。他觉得这是上天给他提供的发财机会，赵大鹏负责赌场的里里外外，绝对是一把好手。

姚尚七在一家档次不低的酒店招待了赵大鹏，陪同的有林果，还有林果的弟弟"先生"。

开赌场，比开公司轻松不到哪里去。首先，要有外围的人员。负责赌客的迎来送往，还要负责警戒，防止警察抓赌，同行踢摊子；其次，要有足够数量的场内人员。赌钱的，洗牌的，放债的，提供烟、零食、饮料的，保管"小花箱"的，缺了哪一个环节，赌场都开不起来；第三，也是最重要的，要有招揽赌客的人员。没有赌客，赌场就不成其为赌场了。

第一场开赌，是在"十一"之前的 9 月 22 日，姚尚七、林果、温江、温江的朋友、赵大鹏、先生等十多个人参加，地点是市郊区一家废弃的民房。温江和温江的朋友，先后摆开架势，推"二八杠"，成为主战方，其他人是迎战方。几个小时过后，温江输了 26 万元，他不服输，又从林果手里借了 10 万元，又输了。老谋深算的温江朋友，输了 10 万元以后，再也不赌了，站在一旁观看。

赌牌结束，打开“小花箱”，清点一下，里面有提成8万元。按照规矩，温江邀了2个人参赌，给20%回扣，也就是1.6万元；温江朋友邀约2人参赌，也得到1.6万元回扣。再把外围的人、洗牌的人、保管小花箱的人的报酬支付了，剩下的钱便是姚尚七一个人的收入。

这里有必要介绍一下“小花箱”。这是用蔑杆和红纸糊成的四方形的箱子，顶端留有一指长、两指宽的缝隙，每当主张方赢钱一次，就提成一次，提成钱塞进箱子内。

放债的、卖烟卖零食的人，报酬靠自己挣钱解决，与赌场老板无关。

三

从进看守所那天起，林果就没有吃下一口饭，她想死的心都有。

她一直想不通，自己究竟犯了什么法。

自从在乌苏里小区7号楼开了一个棋牌室，她成了公共食堂的采购员和厨师，爱人姚尚七，性格外向，好朋好友，一到开锅吃饭，打牌的人，看牌的人，开一句玩笑说，可有我们的饭呀？姚尚七就说，有，随便吃！有了第一次，就有了第二次，渐渐地，人们习惯成自然，端起饭碗吃饭，连一句谢谢都不需要说了。

去年秋天，姚尚七开了赌场，聘用了好几个服务人员，这些人，都在乌苏里小区租了房子，没事的时候，屁股一转，就到了棋牌室，嫂子长，嫂子短的，中午和晚上基本上都在这里吃饭。连同打牌的和看牌的，十多个人吃饭，桌子上坐不下，就站着吃饭，还有蹲在墙角吃饭的。

累就累了，谁让姚尚七想挣人家钱呢。她感到最扎心的，是下面两件事：一是，她和姚尚七放出去的债，几百万，没有了着落；二是，她怎么成了开设赌场罪和非法拘禁罪的犯罪嫌疑人了。

赌场里离不开放债的，否则，有人输了钱，便再也没机会捞回去了。

没有放债人的赌场，绝对没有赌客去；在赌场里放债，如果不出现意外，的确是暴利，月利率基本上都在 20% 以上，临时借钱，临时打借条，利息直接从借出去的现金中扣除。林果和姚尚七手里没有钱，就从亲戚、朋友手里借钱，也支付利息给他们，但相比赌场上的利息，那就微乎其微了。这一年来，夫妇俩总共从亲戚、朋友手中借了 200 多万，绝大多数被本地的社会青年温江借去了。这孩子不是好东西，挥金如土，嗜赌如命，三天两头换女朋友，还嫖娼，几十万块钱，一个月就没有了。当初，温江借钱，林果不愿意借，姚尚七就说，没事的，他是本地人，拆迁安置三套房子呢。结果，债务越积越多，债务多了，他还想耍赖，几次跑到外地躲债。

现在，人被抓了，这钱找谁要?

估计天不早了，隔壁的女孩在说着梦话，发出咿咿的哭声。这女孩，大学毕业才一年，看起来很机灵，却卷入非法集资，被抓了，哭了好几天。她说，她不知道公司向居民高利融资是犯罪行为，要知道是犯罪行为，打死她也不会参加的。

林果心里说，谁又知道，把欠钱人控制几天，也是犯罪的呢。国家不会因为你不知道是犯罪行为，就饶恕你，不可能宽恕的。

不过，警察一口咬定林果带领一帮人，非法拘禁了温江，林果觉得与事实不符。

那天下午，天气阴沉沉的，风很大，温江来到了她的棋牌室，一点精神都没有。抽了几根烟，坐了好大一会儿，叹了口气，说："嫂子，我不想回家了，真不想回家了！我欠了这么多人的账，我爸妈也不给我还一分钱，天天有人找我要钱。"林果说："你在这里，你爸妈就给你钱了？"温江说："我不回家，他们就急了，也许会给我还账呢。"

温江就在棋牌室不走了。棋牌室内，有一张床，平时，有打牌的人，怕深更半夜回家，老婆不开门，就不走了，凑合睡到天亮。

温江在棋牌室待了五六天，突然想到要回家，姚尚七就说："既来之，则安之，你就别回家了，你不回家，我替你担保的账，有人找我要，我好解释。"温江满心不舒服，也不好说什么。他就打电话给女朋友，让她来看看他，女孩果然来了。结果，天快黑的时候，趁人不注意，两人都跑了。

姚尚七很生气，说：“这孩子不地道，好吃好喝地待你，偷偷摸摸走了。”就让赵大鹏等人去找找，没想到在洗浴中心找到了。温江觉得在女朋友面前，很没面子，一气之下把面前的玻璃杯摔碎了，用碎渣划破了左手腕。赵大鹏等人，赶紧找来了创可贴，贴好后，一起又回到了棋牌室。

没想到，现在温江一口咬定林果安排了手下把他非法拘禁了两个多月。

天下哪有这样的非法拘禁？手机在自己手里，想睡就睡，想出去遛弯就出去遛弯，只不过出门时，身后不远处跟着人，怕他再一次寻短见。

窗外透出了一丝光亮，远处的汽车喇叭声越叫越密集，可能天快亮了，大地醒过来了。

四

警察提讯结束，关上铁门的时候，已经是晚上 8 时，最近这几天，警方加大了对赵大鹏的提讯频率。

警察说：“你是累犯，出狱以后不思悔改，犯下了如此重大的罪行，如果你不如实交代，对你是十分不利的。”

赵大鹏说：“我思考这些天，我一直想不出来我犯了什么罪。”

“你别嘴硬，跟政府对抗到底，是不会有好结果的，只有配合警方，查清案件事实，才可以从轻、减轻处罚。”警察说。

“我只是看护了不到二十次的赌场，其他，我什么坏事都没做。”

“十一年前，你参加抢劫老虎机，是谁指使的？”警察单刀直入。

“没有人指使，我自己缺钱花，所以，就干了。”

“姚尚七有没有指使你？”

“没有。”

“那为什么，你一出狱，他就到火车站接你，给你接风洗尘？”警察问。

“我跟他关系好，他接我，很正常。”赵大鹏一脸的满不在乎。

“你俩关系好，所以，你把他指使抢劫的事隐瞒了，对吗？”

“不对！没有这回事！”赵大鹏心里的火，一下子上来了。

警察看问不出什么，停顿了一会儿。开始问：“姚尚七的棋牌室内，你们几个手下，是不是天天都在那儿吃饭？”赵大鹏回答：“有时候在那儿吃饭。”警察又问：“人多的时候，怎么坐座位的？”赵大鹏回答：“随便坐。”警察问：“是不是姚尚七家里人都坐在桌子上吃，你们手下人，站着吃？”赵大鹏说：“是的。人家自家的桌子，凭什么自己要站着吃饭呢？”警察问：“姚尚七平时可有对你们约法三章，规定什么能做，什么不能做？”赵大鹏说：“没有。不过开赌场的时候，他规定不准喝酒，怕误事。”警察问：“你们开赌场的时候是否有分工？”赵大鹏说：“有，有放哨的，有洗牌的，有看‘小花箱’的，有放债的。”

以上的内容，警察对所有抓进来的人，都问过好几次。

警察又问了对温江非法拘禁的事。赵大鹏说：“起初他是为了躲债，主动来到棋牌室的，我们一、不控制他人身自由；二、不打骂他；三、手机一直在他自己手里；四、那段时间，他自己既是开赌场的人，也是参赌的人，住在棋牌室内，也是方便自己。”

“既然如此，他为什么两次报警？”警察紧紧盯着赵大鹏的眼睛。

“手机在他手里，他想报警是他的自由；嘴长在他自己脸上，他想怎么讲，不就怎么讲吗？”赵大鹏嘴角露出一丝不屑。

“据他们说，林果有两次跟踪警车。第一次跟踪警车以后，把从警车上下来的温江又带到棋牌室非法拘禁了起来，第二次跟踪警车，是你们到温江家要钱这一次晚上，是吗？”

赵大鹏说：“领导，想让我讲真话，还是想让我讲假话？”

“当然想让你讲真话。”

“第一次，那不是跟踪警车，是跟踪温江，因为温江欠了十几个人的钱，跑过一次，不把他跟住，又怕他跑了；第二次跟踪，我不在场，我在派出所做笔录。但是，我认为，我们这些外地打工的，出来就是混一碗饭吃的，谁还敢跟政府作对，跟警察作对？

五

先生进了看守所，只是哭，哭得房间内的人心里酸酸的。

他哭着说：“长到37岁，三岁小孩都没有得罪过，没有跟任何人吵过架、打过架，结果成了犯罪嫌疑人，身上还背着几个罪名。

我心里想，我总共就到了姐夫的赌场十几次，为赌场保管‘小花箱’，女朋友跟在后面本来是看热闹的，后来觉得放高利贷挺诱人的，就把攒了这些年的私房钱拿出来，放给了温江，15万哪，那可是她打工的时候，舍不得吃，舍不得穿，一分钱一分钱攒起来的，是准备跟我结婚，买一辆轿车的。结果，钱借出去了，跑到温江家里要钱，弄出这么大的事！我被抓了，她也被抓了！这叫怎么回事呀？

昨天警察来提讯，认定我涉嫌开设赌场罪，又认定我涉嫌非法拘禁罪，我就纳闷了：姚尚七、温江他们这些人，为了开设赌场，人不待的地方，他们去，破房子、庵棚里面，闸口下面，东躲西藏的，打一枪换一个地方，要饭的生意。我仅仅给赌场保管‘小花箱’，每次得500块钱工资，这也算犯罪？说我非法拘禁，其实就是温江睡在棋牌室那天晚上，我也睡在棋牌室，现在说，是我看管他，真是冤枉！温江经常睡在棋牌室，第二天方便开赌场，怎么就成了非法拘禁了呢？

我现在才明白，如果我们这些人，把借给温江的几百万钱，放弃了，不向他要了，就什么都不会发生，什么罪都不存在了。”

想到这儿，他的眼泪又止不住滚下来了。

先生认为，11月11日，所有人都上了温江一家人的当。跑出去躲了几个月，突然回来，还故意把回来的消息，通过别人放出来，然后当众拿出三万块钱，引发肢体接触，然后报案，说成是抢劫，引起警方高度重视，而且，这一切还被事先准备好的针孔摄像头全程录入。这不是一般的手笔，是大手笔！

要债的，开赌场的，抓进来将近二十人。那么，温江作为开设赌场的股东之一，又参与了赌博，为什么却安然无恙呢？

“我他妈的算什么‘先生’，我简直瞎透了眼！一不小心，弄了个牢狱之灾。”先生哭着说。

六

警察当初是以非法拘禁罪和开设赌场罪，对十多个人采取的强制措施。经过几个月的侦查，罪名又新增了寻衅滋事罪、敲诈勒索罪，姚尚七除了以上罪名，还比所有人多了一个抢劫罪。

公安机关是下了功夫的。卷宗材料 34 册，绝大多数是言词证据，涉及的证人证言、被害人陈述有 200 多条，这是一场真正的人民战争，姚尚七等人一被抓获，公安机关就满大街贴公告，鼓励公民们踊跃举报，绝对为举报者保密。

姚尚七这人，为人大方，做事豪爽，但是性格不好，与人交往中，总是用语言压人，不给人家面子，有意无意得罪了不少人。特别在他一开始来到海市的时候，二十几岁，年轻气盛，跟几个人打过架，动过刀子，虽然事情当年在派出所的过问下，纠纷双方，或者和解了，或者赔偿了。但没想到，现在又被警方拉回头，旧话重提。

在这背景下，有关姚尚七的举报材料，能少吗？

在众多的举报材料中，还有人举报，十多年前北海区发生的那起抢劫老虎机案件，幕后指使人是姚尚七，当初判刑 6 个人，之所以没有说到姚尚七，是为了包庇。

顺着这份举报信，警方找到了当初被判刑的人，结果，6 个人中，有 3 个人推翻了当初对警方的供述，说姚尚七指使了抢劫，另外 3 个人，仍然不指证。

这都不算大事，下面才算大事。侦查阶段快要结束的时候，警方追加了一条罪名：组织、领导、参加黑社会组织罪。而且，有关部门领导在一次几百人参加的会议上，信心满满地宣布："北海区已经破获了一个特大黑社会性质组织罪，涉案人员 21 人，全部抓获，此案是海市近年来首例扫黑除恶案件。"

报纸、电视台等新闻媒体，都做了报道。

这些以农民工为主体，以家庭亲属关系为纽带的群体性犯罪，敲碎了许多家庭的幸福梦。但法不容情，法律不相信眼泪，无论是老百姓，还是达官贵人，都得在这个文明和谐的时代，做一个遵纪守法的人。

卞晴正在看卷宗，刘副检察长打电话来了，让她到办公室去一趟。

卞晴从一参加工作开始，就在公诉科，做了两年书记员，第三年时，成为助理检察员，她独立办理的第一个公诉案件，就是一起比较重大的案件——假冒儿童奶粉案件，庭上，5 名被告人百般抵赖，拒不承认犯罪事实，她运用娴熟的法学知识，充分阐述，从证据，到事实，再到法律，分析得透彻且入情入理，激烈的辩论之后，尽管辩护律师还在坚持"事实不清，证据不足"的意见，但 5 名被告人态度有了明显改变，法院最终做出有罪判决。一审宣判后，5 名被告人服判，没有上诉。此案的起诉书，获得那一年全国检察机关法律文书评比二等奖。

刑法学法律博士证书，不是随便能得到的，人们都这样说。当时，她是北海区人民检察院唯一一名中国政法大学毕业的法学博士生。

刘副检察长分管公诉科。见卞晴走进来，指了一下身边的椅子，说："小卞，请坐。"

他把姚尚七等 21 人涉嫌黑社会性质组织犯罪等 5 项罪名的事，简单跟卞晴介绍了一下，说："这个案件重大复杂，是我们区第一个扫黑除恶大案，必须要有一名业务素质高、责任心强的同志担任主诉检察官，我征求了你们科科长的意见，他推荐了你。"

"我行吗？"卞晴问。

"怎么不行呢？你不行，谁行？"刘副检察长笑着说。

"扫黑除恶案件，以前我办过几个，但都是人数少、案情简单的案子，这次，这么大的集团案件，我有点儿不自信……”

“没关系的。还有另外两名公诉人呢，你们协商着来。”

“那……刘检，我有句话想提前说，您听了可别不高兴。”卞晴吞吞吐吐，眼神中流露出一丝不好意思。

“尽管说。”

“我这个人吧，书读多了，头脑有些僵化，只相信书，只相信法律条文，假如，我对案件的认识，跟领导们的认识产生分歧甚至对立，请你们不要介意。”

“我们都是吃法律饭的，不相信法律，相信什么？别考虑过多，好吗？”刘副检察长说。

“那就好，谢谢刘检！”

走出刘副检察长办公室，她径直往案管办去，她是个急性子，想提前看到卷宗材料。

材料真多！装在小推车内，满满的 4 车。她既兴奋，又感到责任重大。

回到公诉科，她就开始阅卷，她知道，不花上最少半个月时间，这些材料看不完。

也就是从这天开始，她不再有星期六和星期天，晚上加班到 22 时，才开车回家。从进入检察院以来，她还是第一次这样忙碌。

“隔壁的区法院，员额法官们，每天晚上加班到 22 时，早已经成为常态，比起他们，这又算得了什么呢？”卞晴这样对自己说。

这批卷宗材料，终于阅读完了，她舒了一口气，但同时也叹了一口气。

她认为公安机关对部分罪名的认定，存在一定的问题。这些被告，只能定性为恶势力，尚不足以称为黑社会组织，还有，许多案件事实不够清楚，于是，向科长汇报之后，把案件退回公安分局补充侦查。

其实她心里也明白，案件在公安机关已经侦查了 6 个多月，该查的都查了，查不清楚的，退回去补充侦查，也未必就能查得清楚。

但是，不补充侦查，这案件怎么往法院起诉呢？

一个月后，公安机关补充侦查完毕，再一次把所有的材料移送到检察院，到公诉科。

除了增加了几份证人证言和被害人陈述，调取了3份法院判决书，没有增加别的证据。

卞晴心里想，这样不行。本来卷宗材料就是言词证据多，物证、书证、视听资料少，这下倒好，补充的新证据还是言词证据，这怎么行呢？刑事诉讼法规定的证据种类有8类，再多的证人证言也仅仅是一类证据。

她再一次向科长汇报，科长说："你独立办案，该怎么办，就怎么办，别顾虑太多。"

"那不是因为，这个案件太大了吗？我心里没底。"卞晴笑着，故意装出一副可怜巴巴的样子。

在这位五十三岁的老科长面前，她还是孩子。她的今天，离不开老科长的言传身教。

科长的话，让卞晴心里更加没有底了，她又跑到刘副检察长的办公室。

听完卞晴的汇报，刘副检察长一脸严肃。他说："这样不行哦，卞晴。第一次退回去补充侦查，没有查到你所期望的证据，那就说明查不到了。你再一次退回，假如再查不到，你准备怎么办？"

"查不清的犯罪事实，那就存疑不起诉。"卞晴说。

"那不行！"刘副检察长突然加大了声音，"这案件特殊，太特殊了，不能按照常规的思维审查，原则性和灵活性要结合起来，千万别钻牛角尖。"

"那……就不退回补充侦查了？"

"我可没有这么说。"刘副检察长喝了一口水，眼睛转向桌子上的仙人球。

"那我怎么办呢？"

"你自己看着办。"

走出刘副检察长的办公室，卞晴心里烦到了极点，刚才她真想直接说，这案件我不办了，请你们换人，但话到嘴边又咽下去了。她是刘副检察长钦点的，如果撂担子，太对不起他了。

那一天，卞晴都像丢了魂一样，眼睛茫然地盯着外边，看白花花的太阳一会儿出现，一会儿消失，看那棵长了6年的垂柳，在微风中悠悠地摇摆。这棵垂柳是跟她同一年来的，柳条已长得郁郁葱葱，自己呢？

心中涌起莫名的伤感。

第二天一大早，她把需要补充侦查的具体内容打印成一张纸，拨通了公安分局承办人员的电话。

承办人是一名三十多岁的警官，跟卞晴年龄差不多。听说要再一次退回补充侦查，头都大了。

他说："这个案件当初号称'百人战役'，分局好几十名警察投入侦查活动,现在倒好,成为我一个人的事了。你说,那么多人都没有查到的东西，我怎么查？"

"我理解，可是，我也没有办法，这材料，交不出去。"卞晴说。

警官说："如果不是霸王硬上弓，这案子怎么都不难，材料足够了。"

"我俩想到一块儿了。"卞晴说，"请你回去以后，也把你的想法跟头儿说说，早点儿让他们知道证据上的问题，我已经跟头儿说了。"

警官一边发着牢骚，一边把卷宗往楼下推。随同的司机在一旁帮忙。

一个月不禁过，很快就到了。再一次回到公诉科的卷宗里，并没有增加多少证据。公安机关出具的几百字的情况说明，既透露出查证的困难和不可能，也对证据材料做了不是答辩的答辩，认为事实清楚、证据确实充分，符合审查起诉的条件。

身为检察官这些年，卞晴还是第一次遇见跟侦查机关观点差异这么大的情况。她再一次拿出半个月的时间，把所有材料细看了一遍，做了两万多字的阅读笔记。

卞晴写下案件情况分析。

21 个人的黑社会性质组织罪，事实不清，证据不足，尤其是这个所谓的组织，开设赌场才一年，主要活动范围是在赌场、室内，不是在社会上；这些人除了开设赌场、催要借款，没有做过别的事，非法拘禁、寻衅滋事、敲诈勒索等行为，是在催款过程中产生的；而且没有刀具，没有枪支，整个队伍没有独立账户，没有分文的资金；从黑社会组织构成要件看，没有成立组织，更没有成员之间的明确分工。有分工的只是赌场上的分工。综合起来，该案涉恶，不涉黑。

姚尚七的抢劫罪不成立。原因是，仅有证人证言和被害人陈述，没有其他证据；证人证言部分，十多年前落网的人，以前的供述，与今天的证人证言相冲突，法律并没有规定，同一个人的前后言词证据不一致时采纳后面的。所以，以证人现在的言词证据，来定姚尚七的抢劫罪，证据严重不足。

卞晴把阅读笔记打印出来，又把《案件情况分析》打印出来，呈送给每一位检委会成员，她向各位领导表明："如果非得要按照黑社会组织起诉，我将不再担任本案的公诉人；如果非得定姚尚七的抢劫罪，请检委会做决定，并把决定记录在册。"

她还说："有些部门领导，对案件情况不十分了解，对案件发表了错误判断，尚有可恕之处，因为他不是吃法律饭的，他不懂；我是吃法律饭的，不能带头执行法律，但也不能破坏法律。"

卞晴的眼睛里泪光闪闪，这些话，她不想讲，但又不得不讲。她知道这么做的后果，再大的后果，无非是抬腿走人吧。

想开了，也就轻松了。

她把珍藏在箱子内的中华人民共和国法律职业资格证拿了出来，放在窗台的阳光下，熠熠的国徽此刻分外明亮。

那一夜，她睡得特别香，半个月的失眠，一晚上怎么补得够呢。

手机响了，是刘副检察长办公室的，只听了几句话，她的眼眶就湿了。她赶忙说："对不起，刘检，我睡迷糊了，马上就去，一定！"

刘家郢的桥

一

刘家郢本来是有一座木桥的，1948 年的冬天，快过年了，刘富贵家遭到土匪的入室抢劫，满屋子的东西被洗劫一空，刘富贵一气之下，第二天天不亮就拎着斧头、锯子，把桥拆了，拆下的圆棍、木块、铁丝，扔了一地，他一样也没拿。

他不拿拆下的东西是明智的，因为那座木桥不是他刘富贵一个人修的，是刘家郢百十口人共同筹资修建的。

随便把庄上人的外出通道给灭了，是需要理由的。一些人围在河边，小声嘀咕着，刘富贵梗着脖子申辩："两丈多宽的大河，一人深的河水，一年四季不断流，若不是木桥架在那儿，土匪们注定进不了刘家郢，进不了刘家郢，俺家就不会落到这种下场！"

"你家进土匪了，东西抢走了，跟这个木桥多少有点儿关系，但是，这桥是全庄人建的，你说拆就拆，这成什么样子？"丁银锁说这话时，手里正捧着紫砂壶，早晨的太阳红得有些怪异。

刘富贵说："火没有烧到你屁股上，你觉不到疼，我要是不拆了这座桥，以后挨抢的还是我刘富贵，不会是你丁银锁！"

这话说得不假，整个刘家郢就数他刘富贵家日子过得最好，一年到头，红木箱里没断过"袁大头"，厨房里没缺过腊猪油，床上没少过花枕头，殷实着呢。

但丁银锁脑筋一转，觉得不对劲，这刘富贵分明是在笑话他，笑话他家里没钱，连土匪都不上门。于是火气慢慢升上来，就说："管他下次抢的是谁，先把这桥的事情解决了，你刘富贵不是有钱么，你怎么拆的桥，你怎么修好，要不然，我第一个不愿意！"

这时候，戴元超来了，他站在两个人中间，想说几句话，但不知道说什么，只有干笑着。

刘富贵一下子蹦了起来，说："你丁银锁讲话算熊的！我拆就拆了，我也不修，你能拿我怎么着？这刘家郢有我在，就没你说话的份！"

丁银锁脸上青一阵红一阵的，说了句："你混蛋！"就扑向刘富贵。

两人动起手来。刘富贵捡起地上的一块砖头，朝着丁银锁的头部扔去，不偏不倚砸在丁银锁的左额头，鲜血一下子就染红了半个脸。

戴元超见到这阵势，吓得就往庄上跑，这一跑，等于报了信，引来了刘家和丁家的几十号人，他们手拿木棍、铁叉，相互厮打着，直到地上躺下十多个人，爬不起来了，大家才意识到事态的严重，自动住手。

双方都有人受伤。没有走出过刘家郢的女人们，看着自己的男人奄奄一息的样子，号啕大哭。那天晚上，方圆十里地的三位郎中都被请到了刘家郢救人，就连戴元超这个兽医都赤膊上阵了。

事情还没有完。刘富贵伤疤刚刚愈合，就被县衙传去，罪名是损毁公物，关了一个月，出狱时，是被家里人抬回来的。

刘家郢，位于安丰塘畔，被保义集、老庙集、双门铺围在中间，偏僻，落后，远离集镇，这里的人世世代代友好相处，很少出现争吵，更没有发生过打斗，这次"拆桥事件"，是人们万万没有料到的。

二

桥没有了，刘家郢的人赶街上集只有从东边绕道而行，这一绕，就多了四里路，相当于原来的一来一回。

但人们嘴上也没有怨言，都在回避那个血色的早晨。这种回避，隐藏着刘家郢人多少辛酸多少泪，谁也统计不出来。

一个事实摆在人们面前：刘姓和丁姓，再也没有了以前的亲热劲。刘富贵和丁银锁走在路上，远远地相互躲开，仿佛对方身上带有瘟疫。其实刘姓和丁姓还存在亲缘关系，往上面数四辈，刘富贵和丁银锁是老表。

以前，每年的正月十五，刘家郢家家户户凑米，从凤台县请戏班子，开唱三天，吸引了四乡八邻的人们前来观看，于是偏僻的庄子便有了年的气氛，氤氲在欢乐祥和之中。也只有这几天，外面的人才知道，安丰塘下，还有刘家郢这个村庄存在。

一场斗殴，把正月十五的唱戏打跑了：负责这个事的刘富贵、丁银锁，一个不屑于挨家挨户凑米，一个不屑于去请戏班子。事情卡在这儿，有了第一年，就有了第二年。

1949 年冬天，中华人民共和国成立了，寿县各地都成立了民间演出队，唱四句推的，演花鼓灯的，踩高跷的，数大鼓书的，五花八门。身为村治保主任的戴元超被上级领导下了指令性任务：刘家郢以前就喜欢请戏，说明群众对演出有积极性，必须要拿出一个节目，参加全乡会演。面对刘、丁二姓老死不相往来的架势，戴元超实在想不出什么法子，要是能把刘富贵、丁银锁之间的疙瘩解开，这两个头面人物握手言欢了，一切都好说。

戴元超备了一桌菜，请他们俩，一听说对方也在酒桌上，都拒绝了。望着满桌的菜，戴元超大声道："老婆，孩子们，他们不吃，咱们自己吃，今天算是过年啦！"说完笑了，笑声中带有无奈和苦涩。那天，戴元超自斟自饮把自己喝醉了，第二天都没有爬起来，他让老婆跑到乡里，告诉乡领导，这村干部没法当了，本庄上人都领导不了，还领导谁呢？领导当时就说："关键时刻怎么能撂担子呢，不行，必须等乡里会演结束！"戴元超就称病不起，一直躲到乡政府会演结束。当他走进乡政府的时候，没有几个人搭理他了，他的村治保主任的位子被刘富贵坐上了。

人，往往就是这样：当自己口口声声要辞去什么的时候，一旦被人接受了，心里还真的不是滋味。此时的戴元超就是这样。

刘富贵读过私塾。当然，戴元超也读过私塾，不仅能写会算，还粗通兽医，但这些又有什么用呢？人家是大户人家，身后跟着几十个人呢，在刘家郢，他戴元超算老几啊？

戴元超当初进入村干部队伍，其实心里是装着一件事的，他很乐观地认为，处于第三方的他，能够完成这个历史使命：把桥建造起来。

那天晚上，天黑漆漆的，伸手不见五指，憋了一肚子气的戴元超一个人来到河边，柳枝摇曳，流水淙淙，他蹲在河边抽下一袋又一袋旱烟，若明若暗的火星在夜色中喘息着，如同他即将熄灭的希望，临离开河边时，他猛地跺了一下脚，心里说，桥一定要建造！

三

接下来的日子，出奇的忙。社员忙，干部忙；平日里忙，过年过节也忙。翻身做主的农民们，忘记了什么叫劳累。1956 年到 1966 年这十年间，戴元超感觉到光阴飞速流转，太快了，以至于他连建桥的计划表都没能在心里造出来。当然，这中间他曾多次跟刘富贵私下沟通过，把建桥的想法和盘托出，刘富贵表示支持，愿意跟戴元超携手做好这件事，以弥补自己的过错。

这十年间，刘家郢发生了几件不大不小的事情。

第一件事情是刘富贵的老婆患急病走了。本来，人的生老病死是自然规律，谁也抗拒不了，但是，刘富贵老婆死得有点可惜，据医生说，她要是早到公社医院半个小时，兴许命就保住了，因为她患的不是重病，仅仅是肠梗阻，手术简单，可由于路上时间耽搁久了，剧烈的疼痛让她休克，再也没有醒过来，说句通俗的话，她是被活活疼死的。刘家郢人都明白，假如当初的木桥存在，可以省去一半的路程，刘富贵的老婆就可获得及时治疗。尸体抬回家的那一刻，刘富贵用宽大的手掌捶着土坯墙，嘴上嘟囔着“报应，报应”，泪水成串地滚下来。人们就安慰他，生死有命，寿限到了，谁也留不住。刘富贵摆着手，哭出了声。

第二件事是丁银锁的侄儿落水而死。这件事，至今人们还觉得蹊跷。这孩子十岁时就学会了游泳，在庄上同龄人中，算是技术比较全面的，仰泳、蛙泳、侧泳、踩水、扎猛子，无一不在行。那年 6 月份的一天，午饭后，丁银锁侄儿跟其他孩子一起上学，因为怕迟到，他们选择了走捷径，渡河而去，腾出一只手把衣服举在上空，另一只手划拉水面，侧泳或者踩水，其他孩子都陆续游到了对岸，唯独丁银锁侄儿没有上岸，滔滔的河水卷走了他，他连一句话都没有留下来。此后，他的父亲母亲，每天晚上都手执马灯，在河边待上两个小时，呼喊着孩子的乳名，让他回来，让他别怕，连续半年都是这样，直到母亲出现精神分裂症，才停止这个所谓的“归魂”仪式。

第三件事是刘家郢男人打光棍的越来越多。那年代，乡下人的男女比例是男多女少，阶级成分差，家庭过分贫穷，长得比较难看，这三类男性都是婚姻上的困难户，稍不注意，就过了结婚的坎儿，25 岁还没有找到对象的，基本上可以定性为单身汉了。刘家郢地处偏僻，经济状况又不好，在中华人民共和国成立之前就有三个单身汉，后来，因为刘姓、丁姓之间的隔阂，在女方打听刘家郢男孩的家庭情况时，往往说好话的不多，兑污水的多，眼看着几个男人就要错过适婚年龄，新一代的光棍就要产生。

十年，在飞逝的光阴中，是很短的一段；十年，在人生的征程上，又是较长的路径。刘家郢十年间发生的这几件事，既有时代性，也有特殊性，深深地扎在刘家郢人的心中。

四

1976 年那个夏天，寿县乃至安徽省都在积极预防着随时可能出现的地震，农村的土坯房不再居住，家家户户搭起了防震棚，人们生活在紧张的气氛中，每天观看沟塘和水井的变化，注意牲畜和家禽的异常表现，成了头等大事。

刘家郢每天晚上还安排两个人巡逻，让心神不宁的群众放心地睡觉，也可以防止坏人浑水摸鱼，因为，那个时期已经传言，个别地方出现了哄抢鱼塘事件。

一天晚上，戴元超和刘富贵排在一班，在庄子里转到下半夜，戴元超又提起建桥的事。

刘富贵吐了一口烟圈，悠悠地说："说不定今早明晚地震就要来了，腿一伸，眼一闭，还操那份心干什么呀。"

戴元超说："八十岁老太太背着馍馍去投河，一天不死，一天要生活。刘家郢这条河已经坏了不少事了，再不建起来，就要祸害我们的孙子辈、重孙子辈，马虎不得呀。"

刘富贵问："有什么办法呢？生产队没有钱，群众更没有钱，指望谁？"

戴元超说："生产队从信用社贷款一部分，再请求公社支持一部分，可行呢？"

刘富贵笑了，说："做白日梦呢。像我们这种情况的，全公社最少有十几个，公社是没有能力支持的；至于生产队借贷款，最多也只能借百儿八十的，多了，人家不借。"

两人一时没有了话语。天上的流星倏然而过，拖出一条长长的亮尾巴。

戴元超说："这样，我们先搭建一座简易桥，上面不能推车，但能走人，要不了多少材料。"

刘富贵说："再简易，没有五六百块也搭不起来。"

戴元超说："鱼苗站有一大片森林，树龄都十几年了，明晚下半夜带几十个人过去，锯它四十棵，差不多够用了。再买点儿铁丝、铁钉、麻绳，两个晚上就能把桥搭建成了。"

"事情要是暴露了，怎么办？这可不是小事啊。"刘富贵猛吸了一口烟，忧心忡忡。

"没事的。"戴元超说。

第二天晚上，一切按照预定的计划，四十棵树被抬进了刘家郢。

就在生产队社员满怀希望地做搭建准备的时候，公社治保主任带领几个陌生人来到刘家郢，顺着新鲜的树叶、枝条，找到了四十棵树。

戴元超说："我是生产队队长，犯天大的法，都与社员没关系。"

治保主任说："那好，跟我们走吧。"

这时候，刘富贵伸开双臂，挡在路前面，说："我是大队干部，我参与谋划这件事了，我也跟你们去！"

刘富贵的出现，让大家感到意外，戴元超把脸转向公社干部说："别听他瞎说，与他一毛钱关系都没有。"

戴元超一个人被带走。

他当天没有回来。第二天，第三天也没有回来。直到一个月后，才回到刘家郢。

要不是刘富贵带领几十名社员跑到公社和县里请愿，戴元超要在县看守所最少蹲半年。他的行为被定性为盗窃国家资产，数额较大。多亏刘富贵灵机一动，说："戴元超带社员们锯树是为了搭防震棚，究竟是树重要还是群众的命重要？"负责接待的县农工部干部说："当然命重要！在防震抗灾压倒一切的大环境下，群众锯树搭棚又算什么盗窃呢。"

但不管怎么说，建桥的希望破灭了。

戴元超从看守所回来的那天晚上，又跑到大沙河边坐到大半夜，一包"大丰收"烟抽得不剩几根了；在他不远处，也有一个人坐在河边，他没有抽烟，但流泪了，是那种无声的哭泣；他们相互没有打招呼，但心里面想的都是同一件事。

五

这是一个月明星稀的夜晚，轻柔的月光倾泻下来，洒在人们身上，刘家郢打谷场上，全生产队 30 名社员代表正在开会，讨论建桥的事。

不远处是耍龙尾和捉迷藏的孩子们，咯咯的笑声，不时飘过来，在孩子的世界里，快乐是第一位的。

戴元超说了开场白。他说："我从看守所回来，到今天整整一年了！这一年来，许多社员私下找过我，想把大沙河的桥建起来，我也想建。问题是，建什么规格的？是钢筋混凝土结构的，还是木头结构的？不管是哪种结构的，都需要资金，这钱从哪里来？"

丁银锁率先发表意见："要建就建混凝土结构的，花钱就花钱了，费事就费事了，牢固，子孙后代都能享用。钱，生产队可以借贷款，不够的部分，大家筹款，按人头筹。"

有人附和："同意！割鼻子也疼，割眼也疼，就建钢筋混凝土的桥！"

刘富贵张了张嘴，欲言又止，戴元超知道，刘富贵有话要说，但又怕跟丁银锁的意见发生冲突。于是戴元超说："刘富贵老哥也讲两句吧，有什么讲什么，别顾虑。"

刘富贵说："我几年前就到县水电局找工程师咨询过了，像我们刘家郢这座桥，如果修成钢筋混凝土结构的，材料费需要几千块，人工费也要好几百……"

人群中有人说话了："我的乖乖，这么贵？把全生产队的人嘴缝上，也得十年的口粮呐！"

会场由窃窃私语，变成人声鼎沸。戴元超喊了起来："大家安静，现在是发言，等一会儿才讨论，富贵哥继续讲。"

刘富贵说："要是建成木桥，选山里的上等杉木，大概需要六百块钱上下，不过这木桥只能行人，不能走车，独轮车、大板车都不能走，防止出现安全事故。”

“那，挑着一百多斤重的担子，能不能从桥上过？”有人问。

“当然能！不过，自己要注意，不能挑到河里去了。”刘富贵说。

一阵轻松的笑声响起。

会议开到下半夜，进行表决，形成如下决议：1、建木桥；2、钱由生产队筹借，连续两年盈利户不分红，贴钱户要把钱拿出来；3、施工总负责人刘富贵；4、材料购买负责人丁银锁；5、验收负责人戴元超。

会后第二天，各行动组介入建桥工作，一周后，叮叮当当的敲击声，一唱一和的打夯声，在大沙河上空响起。老实巴交的刘家郢人，第一次实现了真正意义上的当家做主，公社干部和大队干部，好几次来到现场，啧啧称赞，县广播站年轻记者做了报道，题目是：《偏僻村庄的新鲜事》，当激昂的文字从大喇叭里飘出的时候，女播音员字正腔圆的声音，让刘家郢一百八十口人激动了好几个月。

当全县人民为刘家郢竖起大拇指的时候，谁也想象不到刘家郢的老老少少，后来的日子是如何度过的。

六

木桥建好的第二年，刘家郢发生了两件事，至今还被人们念叨着。

由于生产队暂停了分红，家家手头都没有零花钱。以前，每到春节，刘家郢四个人凑成一桌，打骨牌，推牌九，一块两块的输赢，却弄得妙趣横生。可是，桥建成后的当年、第二年，春节过得干瘪瘪的，饭桌上没有肉，牌桌上没有钱，就连腊月三十和年初一的鞭炮都用了散炮仗。

尽管这样，人们的情绪并不低落，腊月三十到大年初四，用扑克牌打“四十分”“上下游”，不来钱的，也照样把人们吸引过来，照样笑声朗朗。看来，欢乐与有钱还是没钱，关系不是太大。

年初六，戴元超老婆生了一个女孩，快五十岁的女人能够生下孩子，算是很少见的。戴元超乐滋滋地跑到老庙集，掏出两毛钱买了红糖、火柴、五根香烟，从此，在方圆十里地人们都传开了：刘家郢有一个姓戴的，两毛钱买了三样东西。

第二件事，跟丁银锁的女儿有关。那年夏天，丁银锁的女儿跟她的两名初中同学到老庙集逛大街，她的同学从食品站买了一斤猪肉，肥肉跟瘦肉连在一块，白茬子红底子，很是诱人，她摸了摸口袋，只有几分硬币，脸窘得通红。她得知街西头的供销社生资门市部收购头发，就悄悄走过去，用门市部的剪刀当即把辫子剪了，卖了一块钱，然后，买了一斤三两猪肉。回到家，母亲看到女儿手中的猪肉，又转到女儿身后，那根曾经下垂到腰身的乌黑的辫子没有了！母亲抱住女儿放声大哭，做午饭时，猪肉放在那儿；做晚饭时，猪肉还放在那儿；第二天中午，肉已经有了腐臭味，丁银锁硬着头皮把猪肉洗洗、切切、放进锅里，做好后放在餐桌上，却没人动筷子，丁银锁说：“吃到肚子里不为脏。”他就一股劲吃了下去，谁知，饭后时间不长，他就开始大口呕吐，就连喝下去的水也吐了出来，吐了一下午，整个人虚脱了。

“所有的付出都值得！”刘家郢人说。

那些年，从这座木桥走出了几十名初中生、高中生、大学生；那些年，群众卖公粮，卖棉花，把自留地里生产的东西送到老庙集换成零花钱，全靠这座木桥；就连农村土地联产承包以后，刘富贵、丁银锁、戴元超三人安放捕鱼网，每天挣个十块八块的，也靠的是木桥。

木桥在大沙河上屹立了十四年，于 1991 年夏天倒了下去，零星的木板、木块随着汹涌的河水流向远方。从宏观角度来看，在百年不遇的洪涝灾害面前，这点损失根本算不上什么，但却是刘家郢人心中永久的痛！在洪水淹没桥面的那一天，从来不信神不信鬼的刘家郢人，跟在刘富贵、丁银锁、戴元超后面，两手举着贡品，双膝跪在河边，祈求上苍手下留情，别摧毁了木桥。当洪水退却，河床只剩下几根木桩的时候，刘富贵、丁银锁、戴元超三个大男人傻傻地站在河边，心里被掏空了。

七

1995 年开始，全国性的打工潮兴起，刘家郢四十五岁以下的青壮年，都走了出去，留守家乡的是部分中青年女性、上了年纪的老人、蹦蹦跳跳的少年儿童，俗称“3883 部队”。

刘富贵，丁银锁，戴元超，自然在这支队伍里。

但是他们三人之间很少联系，那几年因为下渔网，相互之间有点儿隔阂，这隔阂，外人一般看不出。

木桥没有被洪水摧毁之前，刘富贵第一个在桥下摆起了渔网，每天能弄个十多二十块的，比在单位上班的人收入还高；没过一个月，丁银锁也在桥下安放了渔网，差不多天天有鱼卖；戴元超本来不准备下网的，老婆跟后面成天嘀咕，说他为了建桥坐牢三十天，没功劳也有苦劳，为什么不弄几个活便钱呢？戴元超就也在桥下下了网。这样一来，刘富贵的收入明显减少，丁银锁的收入也不如从前，心里不舒服，嘴上又不好说，憋着气，各干各的。期间，也互相发生过几次口角，但过后还是哥呀弟呀地打着招呼。当洪水把木桥冲得七零八落，三个人红着眼圈，彼此对视的那一瞬，脸上的表情太复杂，心痛、无奈、幸灾乐祸，都有。

刘家郢老老少少都说：“这辈子，大沙河的桥是修不成了！人心散了，没人问了。”

其实不是这样的。那些年，刘家郢打工返乡的后生们也找过镇政府和县政府，咨询大沙河的建桥问题，得到的答复都是：刘家郢，作为孤零零的一个村民组，与村内其他的村民组相离较远，单独立项不符合政策规定。

岁月的钟摆一划拉，就是二十年，转眼 2015 年到了。这一年，整个寿县农村实现了村村通，水泥路通向各个村民组，每到春节，浩浩荡荡的轿车队伍开进农村，让人喜不自胜。

“既然那些孤零零的村民组，水泥路都能修到大门口，那么，刘家郢的桥也应该能建啊。”说这话的是刘富贵的二儿子，他的想法得到了丁银锁的大儿子和戴元超的大儿子的认同。这三名企业老板一起来到县政府。

接待三人的是县里扶贫办和发改委的负责人，领导们表示，开会研究后，会尽快给予答复。

几天后，县里答复：可以列为市重点扶贫项目，但筹资是多渠道的，实行“三个一点”，即“市县解决一点，镇政府支持一点，群众自筹一点”，比例分别为 70%、20%、10%。三位老板当即表态：“谢谢政府解决了刘家郢的问题！群众自筹部分 10% 由我们三人承担了，如果政府资金短缺，我们还可以承担 10%。”

领导们都笑了，说：“几位老板在外创业几十年，寿县人的本色没有变，爽快、热心，谢谢你们体谅政府，既然上级政府已经决定了，就执行吧，哈哈哈。”

大沙河动工的头一天晚上，刘家郢像办喜事似的，摆了三桌酒席，刘富贵、丁银锁、戴元超坐在最上面，一时间欢声笑语连成一片，碰杯声响彻夜空，如同春天的交响曲。

刘二黑借粮

刘二黑半夜就被冻醒了，连一个完整的梦都没能做成，他气得直拍大腿，心里说，穷人可怜，连好梦都不待见！

他梦见鹅毛大雪变成了白乎乎的小麦面，庄上男女老少都提着木盆在抢，他也在抢，刚刚抢到半盆麦面，突然看见霍老四从远处走来，他一惊慌，半盆面不见了，他急得到处找，急得眼泪都快出来了，这时梦突然结束了。

刘二黑不是孬种，轻易不会服软，可是这个冬天跟往年不一样。从春上到冬天，老天爷就没有给过庄户人太平日子，春冰雹，夏洪水，秋干旱，几乎颗粒无收，除了霍老四家靠余粮过日子，庄户人家没有几家好过的。深秋到了，水冷草枯，村民们拖家带眷走出黄土地，或投亲，或江湖卖艺去了，可是他不能走，八十岁的母亲躺在床上，等着他照顾一日三餐呢。

“黑儿，黑儿，我饿……”床那头传来母亲微弱的喘息声。刘二黑说：“娘，天一亮俺就弄粮食去。”他说完这话，眼睛红红的，家里断炊好几天了，明天又到哪儿弄粮食去？

刘二黑长得高高大大，人又憨厚能干，擅长逮鱼摸虾，按说不会打光棍的，但庄上的姑娘都知道，他母亲是药罐子，挣再多的钱也不够交给郎中，所以，对他除了惋惜，就是同情，没有人愿意嫁给他。那年邻村的一个姑娘看上了他，轮到正式订婚时，女方开出了条件：“倒插门，但不得带着老母亲。”刘二黑气咻咻地甩袖而去，说：“有俺在，就有娘在，不订婚拉倒！”这件事传遍了四乡八邻，直接后果便是继续打光棍。

俗话说：饿死大英雄，饿不死手艺人。刘二黑“捕鱼王”的美称不是虚的，水再多的沟塘、河泊、水库，他只要走一圈，就能判断出水里是否有鱼，鱼多鱼少。往年的时候，从春天到冬天，撒网，粘网，潜水摸鱼，到什么季节用什么渔具，他家从来不缺鱼吃。他捕捉的鱼，足不出庄就能出手，当然，霍老四除外，这让一向爱面子的霍老四很不爽。

霍老四问：“为啥不卖鱼给俺，俺不付钱给你吗？”

刘二黑说：“俺就不卖给你，满大街都是鱼，你到街上买。”

霍老四说：“俺就要买你的鱼，今儿个你不卖还就不行！”

刘二黑说：“你媳妇进门那年冬天，俺娘躺在床上饿得嗷嗷叫，俺向你借一升白面，你都不借，凭什么要卖鱼给你？”

霍老四说：“两码事，你是借，俺是买。”

刘二黑说：“一码事，你不仁，俺就不义，就不卖给你！”

两人说着就动了手，霍老四毕竟是读书人，三下两下便趴在地上。刘二黑轻蔑地冲他笑了笑，把竹笼内的鱼抛进塘内，说：“俺就是扔了，也不卖给你！”

人有前后眼，富贵一万年。谁能想到，这先淹后干的年份，农田的草被吃完了，庄前屋后的树皮被剥光了，地上跑的水蛇、蛤蟆、老鼠也吃尽了，沟塘河渠旱得底朝天，到哪里捕鱼呢？没有鱼，捕鱼王也就什么都不是了。刘二黑只要一闭上眼睛，仿佛就看见霍老四那张窃喜的胖脸。

如今，这庄上只剩下他家和霍老四两户人家了，不向霍老四借粮，自己饿死倒没有什么，早死晚死都是死，但娘亲是天，不能眼看着娘死在自己前面！刘二黑紧紧裤袋，一跺脚，消失在黎明前的夜色中。

雪一阵紧似一阵，刘二黑艰难地挪动着脚步，这半里地平时半袋烟工夫就到了，今天怎么了？好远好远！走到霍老四家门前，刘二黑整整上衣，拍拍裤子，双膝下跪，高喊：“霍老四啊，俺来借粮了，救救俺瞎眼在床的老娘吧！”悲怆的声音在黎明的上空回荡。

这时，门“吱呀”一声响了，霍老四夫妇走出大门，见刘二黑跪在雪地里，赶忙上前：“哥哥折煞人了，快起。”刘二黑说：“你不借粮，俺就长跪不起。”

霍老四说："好商量，好商量，你要借多少？"刘二黑说："俺只要一升，这一升到了娘的肚子里，俺就心意尽了。"霍老四说："哥哥，俺借你二升，你也不能饿坏了。"刘二黑腾地站起来，迟疑了一会儿，突然抱住霍老四，眼泪在风中决了堤。

那年冬，霍老四并非不借粮，而是家中确实无粮。但霍老四就是那个要面子摆阔气的霍老四，他怎会道出实情呢。

“打谷场”风云

一

很多精彩的故事，并非来自精彩的由头，正如许多漂亮的孩子，其长相不是源于秃头歪嘴的爸爸，或者源于小眼高颧骨的妈妈。本文所要叙述的，是一个民间组织，没有经过民政部门登记的民间组织，清一色的摇笔杆子的哥们，这里的哥们不单单是指吃烟喝酒打牌讲黄色段子的男人，也包含女性，她们除了不公开在众人面前讲荤段子，其他都会，有时候甚至比男士酒量更大，不仅牌打得好，烟也抽得雾气腾腾，出神入化，好玩吧？我写小说一般不用成语，连四个字的词组都极少用，多年前，我的小说老师告诫我，一个作者如果在一篇小说中用了三个成语，这篇小说肯定没有一点看头，灵动鲜活的语言多好！干吗非要把躺在词典里，几百年的陈词滥调拉出来呢。

事情是去年秋天发生的。是个收获的季节，被农民侍弄了半年的田野上的东西陆续都要登场，庄户人家就盼着这一季呢。结果，文人就是文人，干什么事情都跟常人不一样，倒着来，人家忙收获，文人却开始播种，某小小说传媒有限公司，突然向全国各地的小小说作家征集个人信息，准备出版全国公开发行的《中国小小说作家排行榜》，于是，指令下给了各个省和直辖市的小小说牵头人。

也许读者会觉得奇怪，一个小小说传媒有限公司何以有如此大的号召力？居然能大手一挥，四方云集？这家公司旗下有好几本文学杂志，全国公开发行，名气大，牌子响，大家谁不想接近它？

T省广达市的吴天，网名温柔的海，是一名市政府公务员，从事文化工作，十多年来主要从事小小说创作，在省级和国家级刊物上发表了80万字的小小说，不少小小说被《小说选刊》《小小说选刊》《微型小说选刊》转载，连续多年被小小说年选和小小说排行榜选入作品。

然而，如此才华横溢的人，十多年过去了，职务没有发生多大变化，屁股坐在副主任科员的位子上，像被万能胶粘上一般，纹丝不动。有人说，他文学上的突出贡献既好了他，也毁了他，全省有名乃至全国有名，让他的领导，他的领导的领导很不爽，不爽的原因是，许多次，上级宣传部门和文联领导下基层，点名要见吴天，吴天一到场，就成了热点和中心，诚惶诚恐地坐在大领导面前，被嘘寒问暖，无形中冷落了当地官员，大领导临走时还不忘记叮嘱一句：“好好培养，他可是咱们省的名牌哟！”

大领导讲归讲，但吴天还是吴天。他也知道，自己不是当官的材料，他就是码文字的，就是文学上的搬运工。所以，心安理得，活得轻轻松松。

传媒有限公司交给他的事，他不能懈怠。只是，几千万人口的大省，少说也有几百位小小说作者，怎么才能做到不漏不重，准确无误地统计上报呢？

不可否认，吴天喜欢安静，平时不怎么结交人，要不是省作协领导一再叮嘱，他连QQ和微信都没有。现在有了，也等于没有，他从来不上去玩，许多文学爱好者申请加他为好友，他不会加，也不想加，结果他的好友就那屈指可数的二十几个人：作协领导和单位领导。他说，要不是工作的需要，他才不搞这些节目呢，有时间写一篇作品才是真东西。

吴天的想法其实都对。你看，现在的QQ群、微信群、微信公众号多到铺天盖地，许多文学爱好者恨不得一天24小时趴在上面，各类链接、各类参赛作品，把网络塞得快要爆炸了，有人说，如果把每一位好友的微信、QQ每天浏览一遍，没有几个小时都看不完。只有闲得无聊的人，才能做到。

吴天的好朋友“二锅头”开始献计献策，他建议吴天建立一个小小说群，再发动全省各个市、县的文广局熟人，提供当地的小小说作家微信号，然后一一拉入群内，再往后，先入群的拉后来的人，如此，一定会收到最好的效果。

吴天思考了好几天，心里虽说有十二分的不情愿，也只有硬着头皮答应了，没有比这更好的办法了。建群容易，解散难，他知道。十五年前，省作协让他成立T省小小说学会，他照办了。吴天任会长，其他几位有影响力的小小说作家包括“二锅头”任副会长，秘书长由他的好朋友“攀缘的鸟”担任，以下设立理事会，门类齐全，机构合理。开始一年搞得轰轰烈烈，第二年连会长办公会议都很乱，再后来，年会都没有几个人参加了，大家都忙，忙工作，忙家庭，忙写作，忙喝酒，忙应酬，比当年的华威先生还要忙。后来……就没有了后来。

T省小小说学会荒草萋萋，无人耕种，处于抛荒状态，吴天苦笑道：“就连觅食的鸟飞过此地，也都无视而过。”

二

除了吴天，“二锅头”是第二个进入微信群的。他一进入，就大张旗鼓地拉人，他的人脉广泛，广到什么程度？哪个省份的作家和作者，他都要认识一些；泛到什么程度？上到80岁的作家，下到18岁的文学爱好者，不管男女，不分职业，他都愿意结交，他的微信好友早就超过1000人。

好友多，不代表这个人德高望重或者受人待见，网络跟现实，真的是两回事。许多人一面之交，觉得人很不错，但是只要接触几年，见几次面，他的本来面目慢慢就表现出来。“二锅头”也不例外。“二锅头”是直性人，看见什么不顺眼的事，马上就要讲出来，尤其是在酒桌上，性格奔放的他，真的是口无遮拦，再亲近的人，他都毫不留情。所以，大家对他都是敬而远之。表面上看，他的朋友遍天下，其实，他是照远不照近的，本地朋友并不多。

经过“二锅头”的热心帮助，微信群的人数呈几何倍数增长，5天时间，群内人数就达412人。“二锅头”点点头说：“嗯，人到得差不多了，再等，也没有多大改变了。”

群的名称是什么呢？一开始叫“T省小小说作家报名群”，但总不能一直叫这个名字吧？于是，在群内征求大家意见。

有人说，叫“T省小小说学会群”，全省的小小说作家都在里面，合适。

有人提出不同意见，以前成立过“T省小小说学会”，也开展过活动，只不过时过境迁，这些年来，大家都把这个学会忘记了，现在重提，是否有意义？

“三不带”接话：“更麻烦的是，‘T省小小说学会’没有经过民政部门登记，以前可以用这个名称，现在都在规范化管理，没有登记的学会就是非法学会。”

“那就登记呗。”有人很轻松地说。

“登记？省一级学会，须得省民政部门登记，谈何容易！”“二锅头”说。

不再有人跟帖，微信群出现很少见的安静。

这天晚上，是中秋节，各个群都热闹得像开了锅。吴天一边吃月饼，一边喝茶，想到微信群建立这么长时间，他还没有跟大家打过招呼，就拿起手机。

群内已经很热闹，各类图片和动漫一个接一个，文字性的“中秋快乐”也不少，只是各发各的，彼此没有应答和响应，这也正常，因为大家都不熟悉。吴天琢磨了一会儿，推出一条：祝各位文友中秋快乐，合家欢乐！

不一会儿，吴天的手机字幕快速往上跑，几分钟时间内，群内刷屏。

所有的跟帖都像复制和粘贴似的，不需要从大脑过。这也好，预示着沉寂了十多年的T省小小说学会将迎来第二个春天！“祝吴会长中秋快乐，文丰笔健！”这12个字，瞬间让吴天热血沸腾。

这时，有人说：“会长，咱们这个组织要抓紧成立呀，早成立一天，我们就早一天跨进组织的大门。”

有人跟后附和着，说：“不管叫什么名字，我们跟定您了！”

“小刀的刀”第一次冒出来，说：“是的，跟定您了！名称不重要，重要的是跟对人。”

“谢谢大家抬爱！千万不能这样说，这样说，我承受不起。各位老师，现在有事要处理，我先告退。”然后是吴天双手作揖的图片。

吴天离开微信群，就开始跟“二锅头”通电话。“二锅头”晚上多喝了几杯，跟吴天说话舌头不转弯。吴天心里想，这种状态下的交流，他绝对是实话实说，而吴天需要的也是实话。吴天就把酝酿了几天的微信群的候选名称一一列出，供“二锅头”选择。第一个名称“T省小小说沙龙”，第二个名称是“鸡头山小小说沙龙”，第三个名称是“大别山小小说沙龙”，“二锅头”沉吟了一会儿，慢条斯理地说——每当他要给下属发布命令的时候，总是习惯于这种语速，几十年都是这样，尽管他如今已经退休两年了。“二锅头”说：“第一个名称大了，不好！毕竟有十几位省内著名小小说作家摆在那儿呢，拉他们进群，他们又不进，足见他们不屑于跟我们一起玩。第二个名称不合适，鸡头山只是你们市的一座山，名气不大，用它做一个组织的名称，不伦不类的。第三个名称，可以。大别山横跨几个省份，大别山又是革命老区的象征，好！好！”

“知道了，老师！改天，我到府上登门拜访，咱师生俩好好喝一杯。”吴天有一种得到真传的快慰感。

吴天又想到了“三不带”。这位同学虽说文章写得一般化，但人很热情，也比较机灵，会来事，让他再斟酌一下这三个名称哪个更好。

“三不带”的看法，跟“二锅头”相左，他认为“T省小小说沙龙”最好，牌子响，涵盖广，还没有越界之嫌。

吴天开始犯难。平心而论，“三不带”的话，显然更切合实际一点，现实中，所有的文学协会、学会、沙龙无一例外都是以地域冠名的，有的冠名还大，如华东某某学会、西南某某沙龙，便于文学爱好者们选择。

但他现在还不能得罪“二锅头”，这哥们依仗自己是全国小小说的发起人之一，一贯说一不二，驳了他的面子，他一旦性子上来，那可是很吓人的。

那年到清河参加小小说笔会，“二锅头”在，吴天也在，“攀缘的鸟”跟在吴天后面，其实是打酱油的，参会名单中没有他，当时他在清河附近的那个县城出差，离会议地点不到50里地，吴天就邀请了他。中午喝酒时，“二锅头”特别高兴，满桌子地敬酒，这个人，没有架子，好接触，本来按照他的年龄和身份，应该是大家主动先敬他酒的。但“二锅头”不。从杯里倒上第一杯酒开始，他就站起来，按照顺时针方向，一个个敬酒。敬到“攀缘的鸟”跟前，这个人说不能喝酒，滴酒不能沾。“二锅头”就劝说：“酒量是练的，从今天开始，你就开始练吧！”“二锅头”斟了一杯酒，递到“攀缘的鸟”面前，他接过酒，却没有喝，放在桌子上，眼巴巴地瞅着“二锅头”。“二锅头”一仰脖子，喉结都没有动一下，也没有声音，酒没了。

最终，“攀缘的鸟”没有喝酒。眼睛望着天花板，躲避“二锅头”明显不舒服的目光。

“二锅头”脸色由红变黑，由黑变青，把“攀缘的鸟”狠狠骂了几句，气哼哼地提前退席。

先用“大别山小小说沙龙”再说吧，以后找机会慢慢跟“二锅头”协商。窗外，水一样的月光泼在大地上，月圆之夜，有谁的心情跟月亮一样圆呢。吴天叹了一口气。

三

不知从什么时候开始，文学这一块，分支开始增多起来，1991年之前，小说类只有长篇小说、中篇小说、短篇小说三个家族。

小小说成为第四个家族是在二十世纪九十年代初期，以郑州为中心，辐射全国，经过几十年的探索、实践、完善，小小说的概念被学术界所认可，被全社会所认可，几年前，茅盾文学奖第一次把小小说纳入评选范围，还真的有小小说作家的文集榜上有名。

“二锅头”是T省最早参与小小说创建、发展的成员，是元老级的，尽管他的小小说作品，以今天的眼光来看，写得不是太好，但是，以他的名气和地位，全国大部分的书报刊编辑，都会向他伸出热情的手，所以他的小小说不愁发。

这是一个喧嚣的时代，是一个酒香也怕巷子深的时代，不论你在什么行业什么地域内，有了名气，就有了一切。有人说，全民都在卖东西，除了房屋和紧俏商品，卖东西的永远比买东西的多。卖产品、卖名气、卖能力、卖力气，就文学而言，出版书籍的人，有时候比买书的人还多，这才有了文学的被边缘化。

别看当代的文学不景气，但热闹。这种自娱自乐的少数人的狂欢，也让许多人认识到：公鸡头上一撮肉——大小是个官（冠），可比平头百姓强多了。不说别的，参加文学会议的机会多，被邀请参与文学采风的机会多，作品汇编成书的机会多，作品发表的机会多。你只有到了那个平台，你才有展示的机会，你才有可能进入那个文学圈。

没有圈子，没有平台，自己单打独斗，想取得大的文学成就，比较难。“小刀的刀”不止一次向年轻的文学爱好者这样说。

这位五十三岁的药房老板，舞文弄墨二十多年了，先后加入过近十个文学类组织，但加入一个，丢一个，他对待文学组织的态度，有点像薄情的爷们，有了新朋友就忘记了老朋友，谁对他有用，他就跟谁。他是最早加入某市写作学会的，当时因为“小刀的刀”不是那个地方的户籍，也不在那个地方工作，不符合入会条件，他就天天跟会长磨叽，好话讲了一大堆，最终加入。学会有会刊，每年出刊两期，这是最大的吸引力。但是，轮到向他收取会费的时候，他不乐意了：“会费都是一次性的，哪有每年都收的？拿 100 块钱会费发两篇文章，不划算！”他说退出就退出了。“三不带”每次跟他逗乐，都会说：“药老板，最近是不是又移情别恋啦？”“小刀的刀”就一脸的正经，低声说：“别开玩笑，别人还当我真的乱搞男女关系呢。”

这几天，微信群正式定名：大别山小小说群。吴天在群内公开说：“拟在 11、12 月份开展一次采风活动，开展活动之前，沙龙筹备组将物色沙龙的班子成员和秘书长、副秘书长人选。”

沙龙筹备组是哪些人员，没有说。大家推测，必然有“二锅头”，他是元老级的人物，也乐于出谋划策；还有吴天，他是沙龙的会长，其他还有谁，不好猜。

几天后，吴天透露信息：“采风活动在‘三不带’工作的地方西阳市举办，整个活动由‘三不带’和‘小刀的刀’两位老师策划、安排，辛苦二位了！”

“三不带”跟帖：“谢谢吴会长的信任，我在美丽的西阳市等着您，等待所有的朋友！”

“小刀的刀”跟帖：“能为文友们服务是我的荣幸，我一定不负众望。”啧啧，这哪里是跟帖？分明是就职演说。

于是，人们又把“三不带”和“小刀的刀”列为筹备组成员，四个人，代表东南西北四个方位，代表一年的四个季节。文人的想象力就是丰富，不服不行。

那一阵子，微信群整天聊得热火朝天。早上五点半，就有人发“早上好”的问候词，有人觉得问候词不够立体，还把公鸡打鸣、吹冲锋号、百叶窗闪烁等等五花八门的图片或者动画，发在群里，直到夜里11点，才会慢慢安静下来。

“小刀的刀”第一个贴出个人简介：某年加入某某学会，在一百多家刊物发表过作品80万字，出版文学书籍3本，被评为市级优秀作家称号2次，云云。简介近500字。

随后，有58人也贴出简介，展示自己不凡的文学业绩。业绩的屁股后面，是几句客气话：“献丑了，贻笑大方，逗大家一乐。”

其实，有的人还真不是谦虚，他把自己发在内刊上的、微信公众号上的作品，一一罗列，不是献丑了是什么呢？既然贴出简介，醉翁之意不在酒，不是奔着副会长、秘书长、副秘书长来的，是什么？难道是吃饱了撑的？“攀缘的鸟”在一旁冷眼观看，暗暗思忖着。他想起家乡一句老话：“苍蝇趴在锅沿边上，不想吃锅巴，想什么呢？”

“小刀的刀”已经多次晒个人简介了，他一晒，别人也晒，成天刷屏，这让吴天心里很烦，但又不好说别的。

“简介热”过去才一天，新一轮的照片热开始了。秀曾经发表的作品，秀荣誉证书，秀与省市作协领导的合影，等等。好多奖项是工作性质的奖项，如先进教师、优秀员工，与文学作品无关。群里像开万国博览会，让人眼睛都看花了。

吴天意识到，这种无休止的浮躁和喧嚣，已经背离了文学的初衷，文学爱好者也好，作家诗人也罢，不是这样的。人各有志，百人百性，不能责怪人家，但是，这类人不能吸收到沙龙领导层内，绝对不能！

“小刀的刀”最近每天都给吴天打电话，他说，以他五十三岁的阅历和二十年的商场经验，他认为哪几个人不能进班子，哪几个人可以考虑。他重点说到了“攀缘的鸟”，认为此人心高气傲，不好合作，他也说到了“三不带”，认为这个人热情、低调、谦虚，是不可多得的人才。

前面说过，吴天跟“攀缘的鸟”早在十多年前就有交往，同属于玩小小说的，只是最近七八年，“攀缘的鸟”跑到了闪小说队伍中，写了不少优秀的闪小说，在闪小说界名气大得惊人。这些年，吴天也几乎不写小小说了，很少参与文学活动，两人之间的联系自然少了许多，但是内心深处的那份友情还在，对文学虔诚的爱还在，且永远不会褪色。

“攀缘的鸟”待人大大方方，做事干净利索，但性格暴躁，得理不让人，这些吴天都知道。

吴天深知自己是书生，性格柔和，不是当一把手的料子，“小刀的刀”三番五次提到“攀缘的鸟”，这让他不能不考虑，“攀缘的鸟”这只古怪的野鸟，自己能否罩得住他？

罩不住他又怎么办？半个月前，吴天就跟“攀缘的鸟”通了一个小时的电话，就沙龙的成立、组织搭建、即将开展的采风活动，双方交换了意见，电话中，吴天已明确告知对方，“攀缘的鸟”是副会长人选之一。

现在突然不带“攀缘的鸟”玩了，有什么理由呢？人家是副镇长出身，资深律师，写的小小说两次被《小说选刊》转载，后面跟着几百个闪小说界的粉丝，不好得罪。

他想起了，小时候的打谷场，一群孩子开心玩耍的情景。在文学的打谷场上，一帮长大了的伙伴，找个共同的乐趣，提高文学素养，又不是在一起过日子，管他呢！谁领导谁呀？沙龙，打谷场而已。

四

吴天还是采纳了“攀缘的鸟”的意见，采风活动实行 AA 制。

那次通话，“攀缘的鸟”说：“‘三不带’和‘小刀的刀’虽说主动要求个人承担采风的所有费用，但四百多人的微信群，即使 10% 的人员报名参加，也有四十多人，三天的吃住和门票，不是小数目。况且，不要掏钱的采风，谁不愿意去呢？有可能会突破 10%。实行 AA 制，一些人有可能不会参加，借此，还能看出几个月来一些跃跃欲试的文友，哪些是真心的，哪些是打酱油的。因为，对未来的理事会人员也需要把关。”

微信群贴出通知：12 月 10 日至 12 日，在西阳市举办首届“大别山小小说沙龙”采风活动，费用 AA 制，每人 400 元，多退少补。届时将邀请省内外部分小小说名家授课，请文友们在群内接龙报名。

“攀缘的鸟”接在“二锅头”后面，是第三个报名的。晚上快睡觉时，他进群浏览了一下，发现报名人数已经有 25 人，搞笑的是，“小刀的刀”不知道基于什么考虑，直接越位成第三个报名的，把“攀缘的鸟”挤到第四。

没有谁，比“攀缘的鸟”更了解“小刀的刀”了。这些年，T 省小说年会，两个人几乎年年见面，一个心直口快，说话一针见血，一个吞吞吐吐，喜欢背后搞个别交流，他们绝对是两条道上跑的车。

初冬的暖阳，有着一种与众不同的韵味。懒洋洋的太阳，老半天才爬出地平线，早晨的度假村掩映在一片绿色中，枝头上的鸟儿，此时叫得正欢。

“乐凯杯”全国小说大赛，在这里颁奖。

“攀缘的鸟”，“小刀的刀”，“三不带”，既是 T 省小说委员会会员，也是获奖代表，同时参加会议。

早饭前的一段时间，大家都悠闲，生命的蓄电池充了一整夜的电，此刻正呈饱满状态，三三两两地围在一起，一边说着话，一边甩着手臂，踢着腿，既交流，也锻炼了。

“攀缘的鸟”在校时一直是班长，毕业后当警察，再后来成了副镇长，习惯了大大咧咧，骨子里透出一股桀骜不驯的气息。他看见“小刀的刀”和“三不带”站在一起小声说话，于是招招手，说：“过来，我来问个事情。”

两人慢悠悠走过来。

“攀缘的鸟”问：“还有几天沙龙就要采风了，准备得差不多了吧？”其实，这句话他不该问的，他不是吴天。即使问了，也不应该是这种语气，居高临下的语气和神情，谁听了能心里舒服呢。

“弄好了。”两个人同时回答。

“这个沙龙真的鱼龙混杂！你看群内，什么人都有，什么话都敢讲，成天乱哄哄的，有时候还吵得不可开交。”“攀缘的鸟”说。

“嗯，嗯。”两个人开始转身，想溜。

“我看哪，这沙龙群再不好好建章立制，不会有大出息……”“攀缘的鸟”话还没有说完，两人就笑着摆摆手跑了，饭厅外面，只剩下他们三个人了。

五

这几天，“攀缘的鸟”心里有莫名的烦躁，他看谁都不顺眼。身为律师，他知道这种心态要不得，这属于病态，亚健康。

晚上临睡觉前，他点进微信群，突然发现“大别山小小说群”的名字换成了“T省小小说群”，群内正下着红包雨，一个个高兴得跟过年似的。

他从来不抢人家的红包，但他喜欢在群内发红包。

只是，这个群里，他一次红包都没有发过，一来，陌生人多，二来，他瞧不起那些在群内，成天如青蛙一样聒噪的人，这些人大多是，喜欢抢红包，而很少自己发红包的。

不一会儿，有两个人不知什么原因，在群内互相掐起来，你一腿，我一脚，谁也不让步。当然，这是比喻，是网络世界的脚和腿。

有一位插了一句话：“看来，你们搞小小说的，不如其他文学队伍团结哟。”

另一位随后附和着：“就是！”

几分钟后，一个人说了句：“我看你们都是闲得蛋疼，有什么好争论的？睡觉！”

微信群陷入一片寂静，如同外面黑漆漆的夜。

群内晚上先热闹，后争吵，吴天不知道，此刻他正在“二锅头”所在的城市，喝他的开心酒。

他是下午过来的，知道“二锅头”喜欢酒，大半辈子好这一口，就投其所好来了，轿车后备厢内装了两箱酒。

客人从远方来，“二锅头”当然高兴，再看看两箱酒，更高兴。他一个电话，就把酒店订好了：寿州国际酒店。陪客的人也找好了，本地作家协会的主席和副主席共 4 位。

吴天一口一个老师，把“二锅头”叫得既开心，又略有不好意思。不错，论年龄，自己比他大 18 岁，年高为长，喊老师是可以的；但是，文学成就上，他不如吴天，吴天的作品高度，他这辈子怕也撵不上了。

吴天说：“今天来，一是拜访老师，二是有事情汇报，三是有一个请求。”

“尽管说，人到家来就是客，哈哈。”“二锅头”一边喝茶，一边看着吴天。

吴天说：“近期想把沙龙的班子成员定下来，这是我拟的草稿，请老师定夺。”

主席：魏军（“二锅头”）；副主席：吴天、侯文斌（“小刀的刀”）、王盛（“三不带”）、金海涛（“攀缘的鸟”）；秘书长：王盛（“三不带”）。

“二锅头”看了好一会儿，说：“我老了，跑不动了，不想操这个心了，我还是当顾问吧。会长你当，实至名归，你不要客气！副会长我建议调整一下，把‘攀缘的鸟’撤下来，换成林子，刘文林，我的得意弟子。他的小小说写得出神入化，无人能比！”

吴天说：“好的。”

“我把‘攀缘的鸟’换下来，倒不是因为那年，我让他喝酒他不喝的事，再说，他那脾气，你也伺候不了。”

吴天不断地点头。然后说：“多谢老师指点，醍醐灌顶！还有一件事，就是咱们沙龙能不能换一下名字，比如改成‘T 省小小说沙龙’，名字响亮一些，跟省作协也便于合作。”

“当然可以啦！那天晚上，我喝醉了，随口那么一说，你当真了，哈哈。”

谈完事情，几个人就来到酒店，只有二两酒量的吴天醉得一塌糊涂，最后是被小车司机架出酒店的。

六

2018 年，是改革开放 40 周年，各个省的小小说组织都开展了丰富多彩的活动。

到西阳市采风的前两天，T 省小小说沙龙公布了“改革开放 40 年 T 省小小说名篇 40 篇”，几位副主席和秘书长、副秘书长的作品都是名篇，“攀缘的鸟”的作品《与一条蛇对视》也凑凑合合成了名篇。

《与一条蛇对视》在《川州文学》第 2 期发表后，被《小说选刊》转载，被编入 5 家小小说年选或排行榜。就是这样一篇小小说，几经波折，选上，又撤下，又选上，又撤下，最后时刻才列入。这倒不是带有个人情绪问题，而是的确不好取舍。一个大省，四十年来，积淀了太多的传世佳作！

果然，当晚的微信群如同生水滴进了油锅，噼里啪啦一片响声。选入名篇的得意扬扬，在群内拱手作揖，连说谢谢；没有选入的，牢骚满腹，说，少部分人不负责任，葫芦僧乱判葫芦案。

吴天看群内乱哄哄的，他干脆不看微信了。

这两天，他心里也不是滋味。“攀缘的鸟”没能进入沙龙领导层，不是他的本意，在他到“二锅头”老师家去的路上，“小刀的刀”还在电话中把“攀缘的鸟”说的话原原本本告诉了吴天，并且说，“三不带”也在场，不信的话，可以问他。吴天说了句知道了，就不再跟他啰唆。

多年的从政经验告诉他，像“攀缘的鸟”这类人，其实是最好处的，炮仗一样，炸过就没有毒了，而且这类人仗义执言，赤胆忠心，是绝对的好人！

“二锅头”也并非是对“攀缘的鸟”打击报复，而是对他了解太少，他们俩性格上有相似的一面，都是直肠子，所不同的就是，一个外向一点，一个内向一点。内向的人，总容易被人误解。

明天就要在群内公布沙龙领导班子成员名单了，他该怎样向“攀缘的鸟”解释？

他皱着眉头，拨通了“攀缘的鸟”的电话。

吴天把“二锅头”撤换“攀缘的鸟”的理由，复述了一遍，自己也觉得不是理由，但只能这样说了。

“攀缘的鸟”只听吴天的解释，不接话，最后说了句：“知道了，理解！”

他明白，这个时候即使雷霆大怒，也是无济于事的，与其生气，不如争气，好好写作，弄出像样的作品来。

七

刮了一夜的西北风，早晨终于飘雪花了，冬天，人的思绪也多少有点僵硬。“攀缘的鸟”早晨才想起，当天下午，距自己一千华里的天津市，有一个刑事庭要开。

很幸运，他在手机上抢到了最后一张高铁票，他的疏忽大意，将不会给下午的开庭带来任何不良影响。

当律师 16 年来，上天一直眷顾他，他从来没有迟到过，也没有出现过意外情况。

就在他拿着高铁票接受安检的时候，手机响了，是吴天的，他问：“明天的采风可准备参加了？”

吴天这话问得是有道理的。他并不知道“攀缘的鸟”今天还要到千里之外出差，准备开庭，但是按照人的常规性思考，既然“攀缘的鸟”，不是沙龙的班子成员了，他跑去参加会议，算什么呢？多尴尬！

“攀缘的鸟”说，只要能买到今晚天津到西阳市的高铁票，甚至能买到明天上午的票，他都一定参加，雷打不动。

吴天突然懵了。他怎么也没有想到，这位性格暴躁，眼里容不得一粒灰尘的男人，关键时刻会如此敞亮，换成他是无论如何做不到的。生活往往就这么奇怪：一些貌似文静、温柔的人，在大是大非面前，往往会做出令人失望的事情；而一些暴跳如雷性格倔强的人，在大事临头的时候，所做出的举动，会让人感动万分！

吴天隔了好半天才缓过神来，说：“好的，我们等你，一定等你！”眼睛有点儿湿。

原先参与接龙报名的人，一半以上都退出了。吴天知道。

雪花，越飘越大，在寒风的裹挟下，打着滚。高铁缓缓启动，一个苍凉而质感的嗓音在头顶旋转，车内的音乐此刻让“攀缘的鸟”的情绪染上了一层灰色，他干脆打开手机音乐，插上耳塞，一首《友谊地久天长》便像清澈的流水一般流淌出来……

入秋之后

一

高传其一觉醒来，发现老伴张兰美不在床上，心里一惊，赶忙往床下看，老伴正蜷缩着身子躺在地面上。他急忙跑到铁门旁，摁起了门铃，楼上 304 住着他的儿子和儿媳。

门铃是信号，门铃一响意味着楼下老人有急事，这个约定从四年前就定下了。

好在这时是九月份，气温还不算低，不然这位 86 岁的老太太说不定会受凉，生出什么疾病来。

这是一间储藏室，十几个平方米，摆设比较简陋，屋子里除了桌子、椅子、床之类必要的生活用具，剩下的只有三大木箱的衣服，这些衣服许多是二十年前的，早已经不能穿了，但是两位老人不给扔，说，人还活着哪能扔衣服呢？扔了就活不长了。孩子们笑呵呵地也不争论，两位八十多岁的老人，一个耳聋，戴上助听器都不管用，一个双眼失明。出生在二十世纪二十年代，亲历了二十年的兵荒马乱，度过了饥饿年代，能走到今天，很不容易了。

这时，儿媳妇方燕喘着粗气跑进储藏室，看到婆婆睡在地上，赶紧上前拉，老太太喊“疼，疼”，两腿哆哆嗦嗦地使不上劲，高传其过来帮忙，折腾了不短时间，才把老太太弄上床。

老太太不时地喊着疼，方燕问她哪儿疼，她也说不出所以然，这位十年前就双目失明的老人，如今的头脑已经很糊涂了，老年痴呆症早已找上她。

高传其眼神中流露出一丝愧疚，其实他用不着愧疚，别说他是84岁的老人，就是二十几岁的年轻人也无法防范老太太摔下床这个事。熟睡中的人，是不具备防范能力的。

窗外，秋虫呢喃，几只萤火虫在草丛中飞舞着，大地昏昏欲睡。凭着女人的直觉，方燕感觉婆婆这一跤摔得可能要出问题，外出应酬的高昆，都这个时候了，怎么还不回来呢。

高昆家的门牌号是304，其实需要爬三层楼梯，楼下父母亲住的房子应该是1楼。

两位老人一日三餐需要送，开水也要送，这些年一直是这样的。

早上，高昆送饭下去，见母亲睡在床上还没有起来，就有些丈二和尚摸不着头脑，只知道老人家昨晚摔下了床，胳膊会有损伤，没想到其他的。于是就把母亲抱下来，给她穿鞋，谁知她两腿软得像面条，根本无法站起来。

努力了几次，还是站不起来，高昆心里想，糟糕，老人恐怕要卧床不起了。

既然站不起来，母亲也就无法自己端着碗吃饭，需要喂饭，高昆平生第一次喂母亲吃饭，汤勺子塞进母亲嘴里的那一刻，高昆眼泪不由得流下来了！身高不足一米五的娘啊，双目失明，现在又站不起来了，命怎么如此地苦呢?

高昆在为母亲抹泪，嗟叹老人家的命运多舛，其实他自己命运就好吗?

母亲生下大姐高英华之后的好多年不再有怀孕迹象，直到35岁那年才生下高昆，高昆出世那天正是冬天，东北风带着哨音卷进这个四面透风的屋子，由于在娘肚子里缺少营养，高昆生下来就比其他孩子体重轻许多，猫一样大小的身躯，被母亲怜惜地拥在怀里。破旧而又简陋的茅草房装满了高昆童年的故事。

高昆9岁那年，茅草房在一个暴雨如注的上午坍塌，一家人躲进生产队仓库过了几天，天一放晴，就开始找人建房，于是新的茅草房在原址建起，有三间，门朝南。

高昆 10 岁那年才走进校门。那是一所由戴家祠堂改建的小学，离高昆家有 5 华里，一条长年不断流的燕子河横亘在村庄与公路中间，春夏秋三季高昆蹚水过河，冬天起床晚了怕迟到，有时也敲碎封冻过河，但更多的时候是从老河湾绕道而行，尽管高昆是独子，按照常理算是金贵孩子，但那个年代普遍孩子都不金贵，他也就金贵不起来了，小小年纪就学会了游泳，在三四米深的河床来回游，假如被水吞没，家长都不会知道。有几次高昆在结冰的河水中蹚水，坚硬的冰块划破了稚嫩的腿，晚上洗脚时露出血糊糊的痂痕，父亲长叹了一口气，表情是很心疼的。

穷人家的孩子懂事早。从小学到初三，高昆付出比同龄孩子更多的精力，学习成绩一直稳居班上前五名，直到如今，住家村民组的老人们还在向后代传诵关于他的勤奋好学的故事：夏天不顾蚊虫叮咬，把两条腿放进水桶内看书到深夜；冬天在煤油灯下，灯油燃尽才入睡，鼻孔内全是灯芯喷出的黑灰；初三那年患了神经衰弱症，背着药液到考场，却获得全班第一名的好成绩，走进地区一所中等专业学校……

中专毕业，国家统一分配，手捧铁饭碗，铺在他面前的不说前程似锦了，也不至于日子不好过吧。前事暂且不表，现实里高传其这时发话了，他要把老伴往医院送，还要是市人民医院，小医院不行。

二

高传其对市人民医院并不陌生。2009 年秋，他前列腺增生小便潴留，曾在这里住院半个月；2011 年冬，他食欲很差，见到油腻的东西想吐，经过检查发现是肝腹水，在这里住院近二十天；最近几年尿潴留严重时，也常来这里插尿管，换尿管，楼上楼下的，挺麻烦。他自己可能没有意识到，医院这个地方有什么不好的，但是高昆怕到医院来，他认为世界上人口密度最密集的地方是医院，从大厅到挂号处，从电梯到病房，到处是黑压压的人群，到处需要排队；世界上花钱最快的不是商场超市，而是医院的缴费处，刚入院时交的押金，用不了多久就要补交；他还认为，世界上最让人心情压抑的不是监狱和看守所，而是手术室外边几十米的等候大厅，以及重症病房内病人哼哼唧唧的呻吟……所以，高昆最怕到医院，到了医院他会产生条件反射似的战栗。

老太太由儿子高昆和孙子高爽爽架着，走进挂号大厅，高传其步履蹒跚地跟在后面，不时用手拽拽老伴的上衣，生怕翘起来的上衣让她受凉了。

老太太坐在条凳上以后，高爽爽开始排队挂号，开始付钱，然后又和父亲架着两脚不能站立的老太太，坐电梯，到 CT 室，又要等候。

离开医院时快到上午十点了，CT 显示：右胳膊骨折。医生说："没有好法子，只有开点儿药，静养，等待骨头愈合。"高昆问医生："既然是胳膊骨折，怎么会让我母亲腿部不能直立呢？"医生说："人老了，全身的'机器零件'都会松动、退化，正常的。"

双耳失聪的高传其戴着助听器却听不到儿子和医生说些什么，两眼眨得特别快，见老伴被架上车，就问："就这儿了？"高昆说："就这儿了。"这时一丝失望的神色爬上高传其的脸，几次想张嘴说什么，都没有开口，其实他多么希望老伴能住下来治疗，一字不识的他觉得，病人应该睡在医院，而不是躺在家里。

这时，高爽爽的手机响了，听筒内传来不耐烦的声音，高爽爽小心翼翼地说："我这就去，我这就去，不好意思，超时了。"顾不上把奶奶扶进屋子，开车掉头就跑。

"法院特别忙，一个人当几个人使，理解，理解。"望着儿子远去的车子，高昆心里说。

三

在对高昆比较了解的人的眼里，高昆温文尔雅的外表下，隐藏着不为人知的侠肝义胆、性格直爽、办事麻利、重情重义，缺点就是脾气大，批评起人来恨不得把人用语言枪毙，但他自己又拒绝领导对他的批评，尤其是没有道理的批评；而在另外一些人的眼里，高昆像风像雨又像雾，是一个智慧型的人物，也是让人匪夷所思的人物，有四点不按常规出牌的古怪举动。

第一，职业选择。那一年农校的毕业生工作分配有三个方向，一是到区公所农技站当农技员，二是到乡镇人民政府当乡干，三是到职业高中当教师。同学们没有愿意当教师的，3 个教师名额迟迟落实不了，身为班上宣传委员的高昆本是可以随便挑选岗位的，他却率先领走一个教师名额，当上了一所中学的教师。

第二，婚姻选择。中专毕业那年，许多家里定过亲的同学嫌弃对方是农村户口，纷纷退婚，闹出许多事端，甚至经济上受损也在所不惜，高昆倒好，毕业证拿到手，就跟他的一名远门表姐，一个农村户口的高中生订了婚，第二年就结婚，第三年生下儿子高爽爽。儿子出世时他的不少同学连女朋友都还没有，他算是走上了婚姻家庭的快车道。结婚以后，妻子方燕在农村务农，他在相隔上百公里以外的学校任教，一个月 37.5 元的工资，不到 20 天就花完了，月月要借钱，手头最紧张时曾经半个月不吃一顿红烧肉。他的好朋好友的秉性让别人尝到了甜头，这甜头就像糖精放进涓涓的溪水流中，流得远，流得甜，让他快乐又艰辛着。

第三，超生二孩。方燕怀着女儿高晶晶时，高昆还在中学教书，中学人财物归教育局管，所以区公所干部和乡政府干部基本上不到学校来，加上学校是计划生育政策方面的空白地带，高昆误以为自己弟兄一个，是独生子女，独生子女不是可以生二胎吗？当然，母亲张兰美的反复唠叨也起了一定作用，母亲说娶老婆不生孩子，娶她干什么？再说，农村妇女哪个不生两个孩子？方燕是农村妇女，生两个孩子不犯法！于是就大大咧咧地让女儿高晶晶生下来，而且带到学校小住，不遮不掩地出现在全体教职员工的面前。

第四，人生的小船说调头，就能调头。比如，高昆教书教到第五个年头的时候，因为学历问题，在职称评定中被定为最低职称——三级老师。他拿着发表在省、地刊物上的好几篇论文找领导理论，无果。他于是找到县教育局局长，以自己是非师范类毕业生、中专学历、不够高中生物教师资格、误人子弟等一大堆理由，要求出教育口，局长既没说不同意，也没说同意，高昆就三天两头跑教育局，局长不在时，他就把自己的请求写成文字，从门缝塞进去，最终经教育局班子会议研究，他走出了学校，进了乡政府；比如，高昆从乡镇人民政府辞去党政办主任职务，他凭借的是什么？是司法资格证。司法资格证那么难考，高昆居然考上了，而且拿到手的还是通行天下的A证。这还不算，当他在城区执业4年感觉当地的法律服务市场不能让他心情舒畅时，说到北京，就到了北京；再比如，许多中专毕业生一辈子学历没有改变，而高昆这个乡镇干部，天天跑田埂的，居然通过自学考试取得了中文和法律的双本科。

高昆大半生做事方面的游刃有余仅仅在个人掌控的范畴内，用他自己的话说，我不能改变别人，我就改变自己。山不过来，我就过去，主观能动性被他发挥到了极致。然而，世界是复杂的，人生是无常的，接下来发生的事，让他猝不及防，伤透了脑筋。

四

一年前，高昆接了老家一个刑事案件，受害人通过高昆一位当乡镇党委书记的同学，联系到高昆，聘请他做刑事附带民事的代理人。念及受害人是同学的拐弯亲，代理费就象征性地收了一点，连同交通费就收了5000

元，远远低于律师事务所规定的标准。

受害人是一位三十岁的白领，叫李佳佳，在上海一家证券公司上班，人长得帅气，白净，开着宝马轿车，讲话只喘粗气，说他用的手机是近万元的，穿的鞋是六千元一双的，裤子是三千元买的，而手机、鞋子、裤子在与对方互殴中均受毁损，犯罪嫌疑人必须赔。又说，他的腿所受伤情为轻伤二级，残疾程度为九级，对方要赔偿身体损害赔偿金、误工费一百五十万。他说这话，右手指头在桌子上敲了好几下，眼睛也瞪得圆圆的，情绪显得很激动。

他老婆情绪也很高涨，说："一百五十万算是少的，佳佳一个月的工资就是二十万，这一耽误就是几个月，应该赔偿二百万！"

高昆委婉地告诉他："这是安徽，不适用上海的赔偿标准，再说，你们也很难举证证明自己的月收入有十几万元；犯罪嫌疑人刘永景是一个六十多岁的农村老头，别说一百万二百万，就是二十万也不一定能拿得出来。"

李佳佳脸上明显露出不悦，说："你怎么向着对方讲话？他拿不出来钱，让他两个儿子拿，他两个儿子也参与打架，到现在还没有抓进去，你作为律师要想想办法，今天下午我们就到派出所，要求抓他的两个儿子。"

李佳佳还说："县公安局对我的伤情鉴定太轻了，我问了有些法医，我最少都达到轻伤一级，我要求重新鉴定。"

于是，高昆、李佳佳、李佳佳妻子一起到了派出所。高昆把打印好的《要求对刘永景的两个儿子追究刑事责任的申请书》和《要求对伤情进行重新鉴定的申请书》递交给了案件经办人员王警官，王警官说："申请是你们的权利，但是没有根据地怀疑警方，甚至到处散布对警方的不满言论，就不是你们的权利了，不过请你们相信，我们一定会秉公办事不徇私情。"

李佳佳说："是的，我是怀疑你们执法不公，当天你们出警时对我冷言冷语的，我有理由怀疑你们跟刘永景存在一定关系。"

王警官摇头，无奈地苦笑了一下，转移话题，问："听说你们在调解，对方答应给多少钱啊？"

李佳佳说："这家人不是玩意儿，开始通过我亲戚说赔偿三十万，我都想答应了，看他农村人可怜，过了几天我亲戚带话给我，问二十万行不行，打发要饭的呢？我坚决不干！”

王警官不再说什么，李佳佳他们也就开车走了。

此后的半个月时间，李佳佳三次要求高昆到派出所去，到检察院侦查监督科，要高昆利用当初的人脉，通融通融，把刘永景的两个儿子抓进去。

县里公检法中层以上领导没有不认识高昆的，自然对高昆热情接待，尤其是高昆的北京律师身份，让他们格外高看一眼，但是法律不是儿戏，对于李佳佳的一厢情愿，他们是不会徇私情的。

正在这时，重新鉴定结果出来，维持了原来的鉴定：轻伤二级。

李佳佳此时像疯了一样，当着高昆的面把公安局检察院骂了一通，不顾高昆的劝阻跑到市里、省里上访，说公安局检察院偏袒刘永景。

一天晚上，李佳佳突然打电话给高昆，说：“夜里要带人去，把刘永景家给抄了，请高律师给派出所王警官通报一声。”高昆气得头昏，只说了一句话：“这事请不要告诉我。”关机就睡了。

昨夜李佳佳的异常情绪逼得高昆不得不关机，但关机没有用，他仍旧睡不着。

做律师之前，高昆当了十多年乡镇干部，在那个年代，话语权基本上是掌握在乡镇干部手里的，群众不可能在高昆面前讲一句大话，哪怕一个挑衅的眼神。然而，当律师就不一样了，当事人支付了代理费，不是把律师当作权利的维护者，而是认为律师是他花钱雇佣的，所以，在律师与当事人的接触中，律师没有一点忍气吞声的姿态，会干不下去。

高昆作为在北京注册的律师，这几年他不在北京生活和工作，却在老家这个四线城市待着，是何原因呢？这个问题，不少律师同行和法官也问过。

高昆笑笑，算是回答了。

谁能不知道，2004 年 3 月，这位镇党政办主任辞职去当律师，竟然是因为生活所迫。

儿子高爽爽高三那年，女儿高晶晶考入县城读高一，兄妹俩在两个城市读书，开支增大，家庭处于靠借钱过日子的境地。两个孩子懂事，知道节约，每月的生活费比农村孩子低许多。每当节假日他俩回到家，狼吞虎咽地吃着妈妈做的红烧肉，在一旁的高昆心里别说有多难受了。他苦苦思考了好几个夜晚，最后暗说："好歹我手上有法律职业资格证，去当律师吧，律师收入可能要高一些。"

然而，理想很丰满，现实挺骨感，律师不是那么好当的。远的不说，就说李佳佳这个案件，收费低，活不轻。李佳佳那个不讲道理的表现还得忍着，忍字心上一把刀，那多痛啊！还有一点，高昆其实不适合当律师，律师心眼要活，这些恰恰是高昆的短板。这位党员律师，名气不小，收入不高，好多出道才几年的年轻律师，收入都超过他。行文至此，读者应该明白，为何一个堂堂北京注册律师，父母亲居然住在楼下储藏室。

天快亮时，高昆迷迷糊糊睡着了。

五

母亲算是起不来了，永远地躺在了床上，一日三餐靠喂，大小便不能自理，尿不湿一天两换。

母亲智力急转直下，谁也不认识了，以前的事一点也记不得。

狂躁，心烦，时而捶床怒骂，时而拊掌大笑。唾液乱吐，手指乱抓，墙上，床上，桌子上，地下，满是唾沫，一时间弄得高昆夫妇手足无措。

于是就找护工，找过五六个，这些五六十岁的护工一看见老太太这个状态，还没有谈工钱就跑了。

方燕，这位当初一百多斤稻谷压在肩上都眉头不皱的女人，现在皱起了眉头，她嗓子眼太浅，怕异味，戴着口罩为老人端屎倒尿，洗刷便盆，擦拭身子，翻身洗澡，常常几天吃不了几口饭，人渐渐瘦下去。

高昆跟在妻子后面，从洗脸、换尿不湿开始，一直看到老太太的饭吃好，这七个环节，需要半个小时，高昆就试着做，在方燕的一次次指导下，终于能独立做完这套活。

方燕笑着说："出师了，谢谢老公！"高昆说："应该谢谢你，为了我娘你受苦了！"

慢慢地，方燕习惯了这个味道，嗓子不再硬，自己吃饭不受影响了。

夫妇俩掌握了老太太的生理规律：下雨之前，阴雨之中，老太太的情绪最差。不愿吃饭，稍不小心，就会被她把饭缸打掉，饭和汤水弄得一脸一地。有时候还用手指头狠狠地朝高昆夫妇脸上、胳膊上抓，一道道血痕几天都消失不了。

每当出现这些情况，高昆就气得哼哼的，也不吃饭，眼睛盯着电视机，心里却在想着律师业务，心想，律师的阵地是在法庭，不是在养老院。

妻子看出了他的心思，说：“你回北京去吧，家里有我呢，放心！”

临离开家的那天早晨，他的心酸酸的，看看躺在床上的娘，看到父亲难舍的目光，尤其是看到妻子一直微笑着的瘦长的脸，他感到了从未有过的疼痛。

在北京的半个月时间，他开了6个庭，算是比较忙的了，但还是觉得心里空荡荡的，灵魂无处安放。

每天晚上他都喝两瓶二锅头，不然睡不着觉。喝了酒，也只能睡半夜，酒精的麻醉劲一过，下半夜就翻来覆去的，耳朵满是娘呼唤他的声音。

他还做一些稀奇古怪的梦，如李佳佳被公安局抓了，北京市司法局找他谈话，警告他不要做律师业务以外的事务。

那天早上，李佳佳突然来电话，说他姐姐在省纪检委工作，他要高昆给他写一份上访材料，举报县公安局某副局长袒护刘永景。高昆知道李佳佳不靠谱，诬告公安人员不会有好结果，就说：“如果没事实没证据，就别上访了。”李佳佳说：“我就算搞不倒他，我也要弄臭他！”高昆知道再劝也没有用，就说：“律师不能参与公民的上访，你的材料我不能写。”李佳佳说：“我请律师就是帮我做事的，你不写，谁写？”高昆说：“律师维护的是当事人合法权益，不是非法权益。”李佳佳说：“既然这样，你把律师费退了，我不委托你了。”高昆说：“解除委托可以，律师费只能退一部分。”李佳佳说：“有你后悔的时候！”挂了电话。

第二天，几乎在同一个时间，老家的H县政府来电话了，是一位信访局局长，火药味十足，他说：“高律师，当初你还是我们县的副镇长呢，这次你当李佳佳的代理人，我们没意见。可是你支持他到省城上访，诋毁、污蔑公安局副局长，可能跟你的律师身份不相符吧？律师是有执业纪律的，也有《律师法》管着，我们已经向北京市司法局通报了这件事，请你好自为之。”高昆刚要解释，对方“咣”的一声放下听筒。

高昆懵了！晴空一声炸雷，哪跟哪啊？窦娥是怎么死的？冤死的！

他想趴在办公桌上眯一会儿，这时手机又响了，是区司法局的，要他去一趟。

一位四十岁左右的女干部接待了他。她一脸严肃地说：“有两个投诉，一是H县政府投诉你支持当事人上访，一是李佳佳投诉你私收费不开票的事。”高昆辩解说：“支持当事人上访的事不存在，我以25年的党龄向您保证，如果存在，直接吊销我的律师执业证就是；私收费的事也不存在，这案件是我在老家收的，前一段时间我一直在老家，回北京还不到20天……”

女干部打断他的话：“你说多了，我无法记录，你回去，写一份申辩材料送过来。”

高昆不记得自己是怎么走出司法局的门，也不记得是怎么回到律师事务所。

六

今晚高昆没有喝酒，因为他没有吃饭。

明亮的灯光下，来去如梭的车辆汇成车流，汇成别致的风景，但风景是别人的，与高昆无关。

都市的夜晚比白天还嘈杂，地铁口、人行道、车站附近，这些白天被城管严看严守的地带，黑色的夜幕一拉开，城市上空的灯火一点燃，摆地摊的小商小贩都像从地底下突然冒出来似的，把守着各自的阵地。这时候的人流尚处在高峰期，或步行或骑车的人们，行色匆匆，顾不上欣赏左右的风景。高昆突然在问自己：“人，活着究竟是为了什么？是为了追求奋斗的过程，从过程中找乐趣，还是追求最终的结果，从结果中找成就感？自己从呱呱坠地，到如今的 50 岁，是享受了过程呢，还是享受了结果？”这些问题他从来没有想过，如今一下子从脑际蹦出来，他的眼眶一热，亮晶晶的东西爬进嘴边，咸咸的。

不是都流行一句话吗？都在看着你飞得高不高，却没有人问你飞得累不累。单单从外表上看，高昆，既是执业律师，又是业余作家，要名有名，要利有利，办案啊，采风啊，高铁啊，飞机啊，天上地下，天南海北地跑，多潇洒！儿子在法院，儿媳在市场监督管理局，女儿在安监局，女婿是银行二类机构负责人，在这个竞争异常激烈的时代，孩子们应该算得上学有所成，吃喝不愁，好多人都羡慕得眼红。可是，除了高昆本人，谁能知道以下这些事呢？教师改行那年，教育局局长迟迟不表态，高昆几乎下跪，哭成了泪人，说老婆一人在农村，粗活重活压在她身上，学校农忙时又不允假，早晚会把老婆累趴下。局长一感动，挥挥手放行。参加司法考试那几年，正是高昆家庭经济最窘迫的时候，为了省钱，别的考生都一人住着一个房间，高昆却住在三人房间，夜间，有个人到十二点还开着灯看电视，高昆提出异议，引起激烈争吵，那个人依仗身材高大，巴掌差一点打到高昆脸上。

回忆被打断了。这时，手机响了，是儿子高爽爽的，儿子说：“夏雪刚刚生了，生了一个女孩，恭喜爸爸升级成爷爷啦，不知爷爷能否在孙女满月那天赶回？”

“一定回去！”高昆说。

晚风习习，月明星稀，这座城市正在打瞌睡。

高昆赶到老家时已经是上午十一点，孙女的满月宴席安排在离家不远的“喜洋洋酒楼”，酒楼里已经坐了不少人，红地毯，大圆桌，轻音乐，场面很喜庆。

十二时准时开席，却没有见到高爽爽和夏雪，也没有见到方燕，高昆觉得有些不对劲。

酒过三巡，高昆端着酒杯一桌桌去敬酒，有客人问方燕和高爽爽夫妇为何没来，高昆说：“家里有老人需要喂饭，快来了。”

直到宴席结束，方燕他们几个人都没有来，聪明的客人们知道有情况，但也不好直接问，拱拱手，拎着喜袋子，就告别了。

外边的雨突然大起来，倾盆大雨，高昆指挥着几个晚辈清点酒水，送走客人，待到大厅安静时，已经是下午两点。

在离酒店几公里外的市人民医院急诊室内，儿媳妇夏雪正躺在病榻上，眼睛半闭着，身边是高爽爽、方燕以及夏雪的几个闺蜜。

两个多小时前，夏雪抱着女儿准备出家门时，突然一阵惊骇，双手痉挛，然后眼前一黑，便什么也不知道了。身边的人吓得目瞪口呆，手忙脚乱地把她抬到车上，往市人民医院送。

高昆到病榻前的时候，夏雪已经醒了，医生对她的病情也说不出所以然，认为可能是疲劳过度，工作压力过大，休息不足，造成的短暂昏厥，毕竟是年轻人，多休息休息就可以了。夏雪自己也认为没什么，于是傍晚时就离开医院回家了。

走进楼道，一阵阵刺鼻的臭味随风飘进每个人的鼻孔，高昆心里一惊，突然想到了要去看看母亲，走进屋子，臭气的味道几乎让人窒息，细细一看，墙上，床上，被子上，母亲的手上，全是黄黄的大便。

父亲睡在另一头，此刻打着呼噜，睡得正香。

高昆赶忙拿起脚盆，到隔壁的洗手间接水，用擦脚布首先从母亲手上开始擦洗，老太太的手指甲内也是大便，但是她拒绝擦洗，手在用力旋转，还用另一只手狠劲地抓、掐，高昆的右手开始出现血痕，还破口大骂："逮我手干吗？哎哟，好疼，好疼哦，你这死儿子的，死全家的！"

洗好老太太的手，往下来依次是：把被罩去了，把床沿擦洗，把墙壁擦洗，最后是脱下她的裤子，换尿不湿，其实尿不湿早已被老太太撕成碎片。

用了五脚盆水，才算把现场收拾好，把老太太的下身擦洗好。这时，耳聋的高传其醒了，他根本就不知道发生了什么。

七

方燕告诉高昆，下午这样的事，老太太从十天前就开始了，难怪方燕的圆脸灰苍苍的，没有多少血色。

夫妻俩想了大半天，没有想出制止老太太随处涂抹大便的更好的办法，于是决定双管齐下，一是在饮食上注意少放油，不给她摄取肥肉、油条等油腻的食物，二是在尿不湿外边加固一层布袋，四角勒紧，让老太太的手轻易不能进入下身，当然，这有点儿残酷，但别无他法，只能这样了。

效果不错，一个月下来再也没出现乱涂乱抹的事。

然而，任何有效的方法都不是万能的，老太太突然排不出大便了，下腹部鼓得高高的，更加焦躁不安起来，饭也吃不下去了。

医生耸耸肩说："用开塞露，肛门注入，两天一次，只能这样。"

可怜的娘！高昆的心再一次揪紧了。

八

夏雪早上起来感觉眼睛涩涩的，然后眼前就出现五颜六色的花的海洋，就觉得很奇怪，正要给高爽爽打电话讲这个事，眼面前的物体都开始抖动起来，心里就有点害怕，急忙喊方燕："妈，我的眼睛怎么了？"

方燕走到她跟前，她居然视而不见，眼睛傻傻地盯着前方。方燕说："夏雪，我在你面前呢，你没有看见？"

夏雪说："看不见。"转了一下身子，才看到方燕，看来她的眼睛只能直视不能斜视，这可如何是好？

一个电话，高爽爽回来了，拉着夏雪来到市人民医院眼科。

询问，检查，测试，拍 CT，眼部一切正常。

被转到神经内科，做进一步检查。

又是询问，检查，测试，拍 CT，做磁共振，发现脑部有一处阴影，在脑白质地带。

一周过去了，病情没有任何好转，医生说这个病很罕见，还是转到省立医院吧。

于是转到省立医院，病房紧张，暂时安排在医院走道内。该医院的医生也认定是脑白质有问题，至于病灶的确切位置和引发的原因，都不清楚，只得用激素治疗。几天下来，夏雪脸盘肿大了三分之一，智力水平像手机被格式化一样，冲刷得很厉害，大学本科毕业的她，连两位数的加减法都算不好了。

所幸治疗效果出现了。半个月后，她走出了省立医院。

一家人欢天喜地。晚上高昆喂母亲饭的时候，一直混混沌沌的老太太破天荒地唱起了耶稣歌："唱起歌来，耶稣保佑我，你也别生气，我也不发火，你看俺家多快乐……"

高昆和方燕都以为，家庭会从此安定下来，回到一年前的局面，可是他们高兴得太早了，一轮新的风暴正悄悄走近他们。

初冬的早晨，地面上已经爬满了白霜，一阵风吹来，零零星星的树叶用尽平生最后一点气力，想一直附着在树茎上，最终还是打着旋滚落大地。

方燕母亲，这位 81 岁的老人，昨晚就感觉到昏昏沉沉的，但是没当一回事，多年的经验告诉她，血压上来多吃几粒降压药，再睡半天，就会好。

这次她感觉与以往不一样，早上她从床上努力了半天，才好不容易起床，脚踩在地上像是踩在海绵上，一点都使不上劲。

她走进厨房，把柴火锅添上水，准备烧水下面条，刚坐在锅灶的小板凳上，眼睛一黑，倒在地上。

往常这老人身上有不舒服，家人都把她往市人民医院送，方燕住在城区，方便照顾一些，这次他们都知道方燕婆婆卧床和儿媳妇生病，不想再添麻烦，就把老人送进 H 县人民医院。

CT 显示，老人脑部溢血，破碎的血管在向外慢慢地渗血，颅脑积血越来越多，但是无法手术，一来怕有手术风险，二来即使做了手术，也只能呈植物人状态。

老人一直处于昏迷状态。喂饭，喂水，嘴闭得紧紧的，像是有意在绝食。

方燕家得到消息是在 7 天之后，高晶晶从微信群看到了姥姥住院的消息，于是把电话打给她妈。

方燕放下电话泪水就无声地流出来，她多次梦见母亲朝自己走来，刚要跟她打招呼，母亲却在如缥缈的雾一样的境界中越走越远。联想到今年一年来，母亲性格变化太明显，经常作为矛盾的挑起方，和父亲打打闹闹，老话说“人变性格，阎王迫切”，难道是真的吗?

方燕多么想立刻跑到母亲病榻前！然而现实情况不允许，儿媳妇的病又复发了，她怀里抱着孙女，楼下还有两位老人，分身无术。

前天中午，夏雪吃过午饭，正在看电视，突然头部猛地一痛，随后眼睛就出现幻觉，再往后就什么也看不见了。急忙送到省立医院，原来的临床医生说，这类疾病极其特殊，我们的临床经验和技术力量都有限，建议到上海或者北京治疗，免得延误病情。

高昆、高爽爽、夏雪的父亲、夏雪的姐姐，连夜往上海赶。

高昆动用了所有的亲朋资源，终于在第三天让夏雪住进了朝阳医院，这是一家很有名气的医院，在全国都榜上有名。

以前在其他医院治疗时，所有的病历资料被临床医生复印后，保存着，新一轮的各项检查重新开始。

大生化，抽血化验，磁共振，细胞分析……依据检查结果推论，还是脑部有问题，说具体一点是脑白质病变，跟省立医院的结论一致，但是再细化一点，究竟是脑白质哪一部分出了问题，就无法断定了。因此，对这个病的诱发原因、生化机理、治疗途径，科室会诊无法拿出确定的治疗方案，只有摸索着往前治疗，大方向是使用神经类药物，用激素治疗，有效果接着用，没有效果调换用。不知是夏雪进了大医院以后心理暗示起了作用，还是治疗对症了，10 天后的一天中午，夏雪睁开眼睛突然看见一个明亮干净的世界：白白的病床，床头柜上摆放的鲜艳欲滴的花，窗外，翠绿色的松柏在风中摇曳，来来往往的人流……她高兴地一下子抱住了高爽爽。

高昆好不容易买到晚上的火车票，从上海往老家赶，慢火车发出“咣当咣当”有节奏的声响，虽说躺在卧铺上，眼睛涩涩的，却睡不着，他脑子里装了太多的事情。快到夜间十点的时候，他拨通了住在乡下的二妹妹和二妹婿的电话，让他们把父亲和母亲接到家中，护理一段时间。二妹婿很爽快地说：“应该，应该，我马上包一辆车子，去接。”

高昆不提前回来不行了。前几天，方燕打电话说，母亲住院这半个月，她家姊妹几个日夜轮流看护着，都是四五十岁的人了，白天晚上休息不好，慢慢开始招架不住，有几个患有高血压心脏病的人一边吃着大剂量的药，一边坚持着。高昆清楚，方燕这个坚强的女性，许多事情只要是她能解决的，她从来不轻易让丈夫分心，更何况丈夫在上海照应患病的儿媳妇呢。于是说：“知道了，我尽快回去。”方燕又说：“你知道吗，母亲这些天昏迷不醒，一口水一粒米没有到肚子里，却在前天喊了两次你的名字。”

电话的两端同时有了抽泣的声音。

的确，高昆从结婚到如今，根一直扎在岳父岳母家。女儿在姥姥家抚养的时候，他一周去一次，女儿离开姥姥家了，他至少一月去一次，遇到什么吃什么，头一倒就能睡着，在这里他不会失眠，鸡鸣狗叫的声音不会吵醒他。高昆在岳父母面前不仅不摆架子，偶尔还能跟妻子一起替老人分担一点力所能及的农活，乡镇干部这样对待岳父母的，确实不是太多，两位老人欣慰且自豪着，在心底里把高昆看得比儿子还重。

东方的一轮红日冉冉升起，新的一天开始了。高昆走出火车站，在熙熙攘攘的人流中迈着大步往前走，不一会儿，就把一同下车的许多乘客甩在后边。火车站高音喇叭经过一夜的歇息，劲头正足，此刻正卖力地播放着高亢甜美的《好日子》：

“开心的锣鼓敲出年年的喜庆

好看的舞蹈送来甜甜的欢腾

阳光的油彩涂红了今天的日子哟

生活的花朵是我们的笑容

今天是个好日子

心想的事儿都能成

明天是个好日子

打开了家门咱迎春风……”

H县政府投诉高昆参与上访和李佳佳投诉私收费的事，经过律师协会调查，均没有认定；夏雪的脑白质病变的治疗已初见成效，曙光就在前头；岳母生育了7个儿女，难道还担不起一位老人的脑血管病？尤其是在医学发达、医保健全的今天。

这时，手机响了，是方燕的。不远处，方燕一手抱着孙女，一手在接听电话，身后停着一辆轿车，一位留着平板头的年轻司机朝高昆这边摆着手，吆喝着：“在这呢！在这呢！”一向做事不紧不慢的方燕，一心念着母亲的病情，连家都不让丈夫进了。

野菊花开满山坡

我跟娟子以前见面是不说话的，这种状况持续了 16 年，直到去年我回老家遇见她，才有所改变。

那是不冷不热的秋天，野菊花开满了山坡，洪霞的儿子满月，我去贺喜，一进门满屋都是同班同学，包括娟子，大家快乐得抱成一团，眼睛都湿漉漉的。

洪霞在同班女同学中间，年龄算是比较大的，但是她的孩子却是最小的。她结婚十年肚子没有一点动静，只会笑不怎么说话的丈夫，带着她到处寻医问药，积攒了满满的一挎包汽车票、火车票，流淌了世界上任何容器也无法衡量的泪水，这意外之喜，洪霞当然高兴，就邀请我们来喝喜酒，十多位女同学从四面八方聚集而来。

只有娟子例外，她没有接到洪霞的邀请，是自己打听到这消息，主动来的。娟子这些年，几乎没有参加过同学之间的活动。洪霞没有邀请她，绝对不是因为跟娟子关系不好，或者瞧不起娟子，可能是洪霞考虑多了，设身处地为娟子着想吧。

性格倔强而又感情细腻的娟子的到来，有点出乎同学们的预料之外，当然，也正因为这一点，大家对她更增加了一份敬重，喊着“老班长”，把她拥抱得喘不过气来。

在老庙初中读书的时候，娟子是我们班的班长，那时她长了一对鹭鸶一般的长腿，比男生个子都高，走起路来脚下“咚咚”响。她每天总是第一个到校，开教室门，擦黑板，整理班级日志，忙得有条不紊。下午放学铃响，她又是第一个跑出教室，能把我们落下好几百米远，她得跑回家做饭、打猪草、拾柴火，她的爷爷卧床好多年了，她爸爸有着一副豆芽菜般的腰杆，好多次我们小姐妹提出到她家坐坐，她总是推三阻四，直到初中毕业也没能遂愿。娟子人很随和，每次姐妹们相互串门的活动她都参加，她虽说没让我们吃上她家的饭菜，却请我们在学校附近的“金榜题名饭店”吃馄饨和炒肉丝，我们不去，她就“擒贼先擒王”，把具有号召力的孟甜连拖带拽弄到饭店，这才有了那一次也是唯一的一次请客。后来无论她使出什么招子，大家齐心协力坚决不去了，因为，我们都看到了，那次请客之后，她连续一个星期，几乎没有到学校食堂买菜，哪怕是素菜。

出于少女的好奇心，一次我偷偷摸摸来到娟子家，才知道她家就3口人：爷爷，爸爸，娟子，没有妈。我把这个内幕悄悄告诉了其他闺蜜，没想到被娟子知道了，她跟我大吵了一场，骂我卑鄙，骂我笑话人，就不再理我，一副恩断义绝的样子。

临近中考，娟子的爷爷病情加重，白天黑夜离不开人，娟子也就开始三天打鱼，两天晒网，中考成绩一塌糊涂。学习成绩向来稳居第一的她败下阵来，我们这些人就可想而知了，我们进了县农职业高中，只是没有娟子，因为他爸爸患了气管炎和冠心病，不能做重活了，家中三亩责任田要娟子顶上，这是娟子自愿的。

娟子爷爷死过好几次，临入棺时，又活过来了，我们高中毕业那年，还活着。这阶段，同学们在街上见到娟子时，她圆规一样的双腿上顶着长长的脖子、长长的脸、深凹的眼睛，但她浑身散发着不服输的气息，长发一甩，精神头还在。

娟子长着一张鹅蛋形脸蛋，高悬的鼻梁，其实比我们俊多了。这期间有不少媒婆为她介绍对象，她都一概拒绝，连面都不见。她认为，如果订了婚，用不了三年就要嫁人，嫁了人谁来照顾爸爸和爷爷？那口子有孝心吗？未知数。言下之意，她一旦嫁人，也就等于抛弃了爷爷和爸爸，那她还是人吗？绝对不能！

“只顾着唠叨这陈年旧事呢，一桌子的菜已经摆上了。”洪霞夫妇殷勤地把大家一个个往桌上引，大家也不客气，主人安排到哪儿，就坐在哪儿，这里没有老总，也没有官员，只有同学。但有一个座位例外，那就是洪霞夫妇左侧的贵宾座，同学们异口同声地说是娟子的，娟子扑闪了几下大眼睛，往后直退，嗫嚅着："这……不太好吧？""娟子永远是我们的班长，这座位你不坐，没人坐！"同学们再次喊起来。34 岁的娟子眼圈红了，这个从小被人丢在村委会大门口，又被两个男人收养的孤儿，赢得了平生最高级的尊重。

喜事还在后面。第二年"五四"青年节，娟子将和 2000 届的师兄结婚，这位师兄，守着双目失明的老母亲十六年，错过了高中和大学，错过了外出创业，却赢得了娟子的芳心。人们都说老庙初中考上名牌大学的没有，但是社会大学的高才生多得是。

我把自己交给了文学
（后记）

把最后一篇短篇小说看完，已经是2019年7月10日的上午10时8分，夏日的太阳白花花的，在我的窗外恣意地泼洒。

这些作品，里面有我的欢笑，我的思考，我的焦虑。是心血浇灌出来的，不是写出来的。

我有了近二十年的写作历程。以前，我觉得写作是一种锻炼，是一种炫耀，不管孬好，写出来就算了；而今，我觉得写作是一种教化，是一种救赎，专门启发一些迷茫的人，走错路的人；我自己也靠着写作，缓解一下紧张的情绪，抵消一点大脑中赶不走的恐慌。

某直辖市“扫黑除恶”第一案，十天前有了判决结果，我可以暂时喘一口气；某直辖市20公斤贩卖毒品案，也快有判决结果了，我的心又回归到它应在的位置。世间的许多事情就是那么机缘巧合：案件过程中的焦虑和不安，促成了我的作品；案件结束时的会心一笑，又成为我把作品结集的诱惑。人，是经不起诱惑的，尤其是当代的人。

去年冬天，我到四川参加文学领奖活动。一次，我在酒桌上高谈阔论：所有的东西都会有离开我，抛弃我，小瞧我的时候，但文学永远不会！文学是最重感情的，你对它矢志不渝，它对你生死相依。

本书的3篇小小说，都是具有里程碑意义的作品，它们分别是：2017年第9期《小说选刊》采用的《阿九戒酒》，2018年第12期《小说选刊》

采用的《王大壮的最后请求》，2019 年第 8 期《小说选刊》采用的《刘二黑借粮》。

过去，有贵人助，有好人帮，有朋友抬，所以有了今天；明天，会是什么样？在于你，在于我，在于他，在于所有爱好文学的同道师友和弟兄。莫道今日春光好，且看来年花更红。

最后，对为本书作序的叶雨老师，策划本书出版的吴琼、飞鸟老师致以感谢。

感谢文学，感谢这个伟大的时代。

2019 年 7 月 10 日